ARTHUR CONAN DOYLE

O VALE
DO MEDO

ARTHUR CONAN DOYLE

SHERLOCK HOLMES

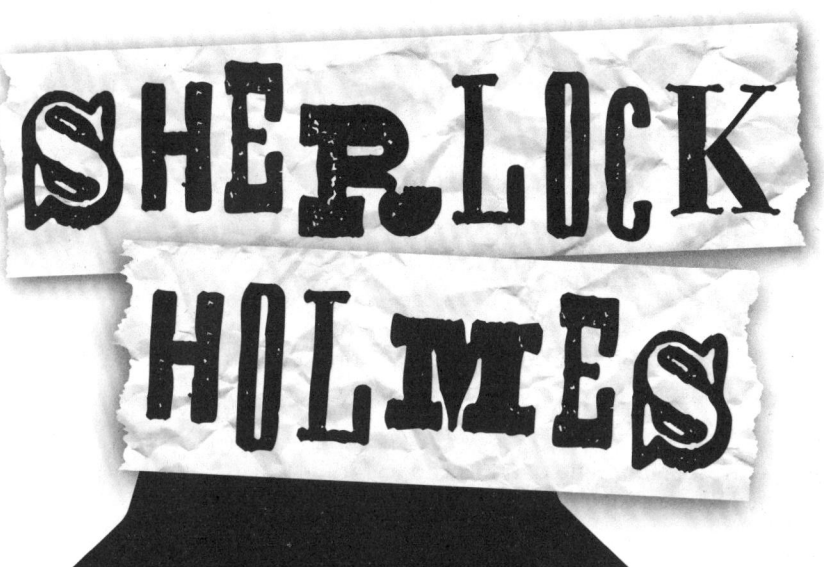

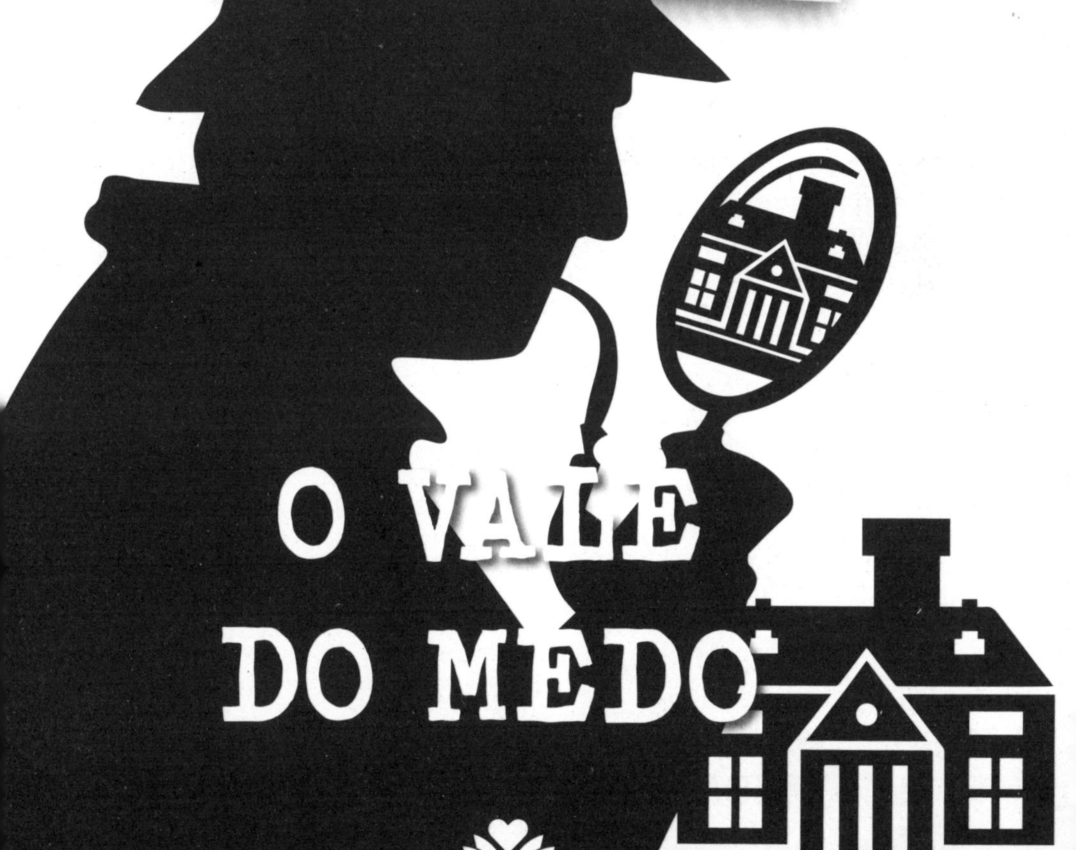

O VALE DO MEDO

amo ler

O vale do medo
The valley of fear
Copyright © 2021 by Amoler Ltda.

COORDENAÇÃO EDITORIAL: Stéfano Stella
TRADUÇÃO: Caio Lima
PREPARAÇÃO: Andrea Bassoto
REVISÃO: Fabrícia Carpinelli / Deborah Stafussi
CAPA E DIAGRAMAÇÃO: Plinio Ricca
PROJETO GRÁFICO: Plinio Ricca / Stéfano Stella

Texto de acordo com as normas do Novo Acordo Ortográfico da Língua Portuguesa (1990), em vigor desde 1º de janeiro de 2009.

Dados Internacionais de Catalogação na Publicação (CIP)
Angélica Ilacqua CRB-8/7057

Doyle, Arthur Conan, 1859-1930
    O vale do medo / Arthur Conan Doyle ; tradução de Caio Lima. – Barueri, SP : 2021.

  Título original: The valley of fear

    1. Ficção escocesa 2. Ficção policial I. Título II. Lima, Caio

18-0976   CDD E823

Índices para catálogo sistemático:
1. Ficção escocesa E823

TEL: (11) 95960-0153 - WHATSAPP
E-MAIL: FALECONOSCO@AMOLER.COM.BR
WWW.AMOLER.COM.BR

Sumário

PARTE 1 – A tragédia de Birlstone

1: O aviso 9
2: Sherlock Holmes discursa 21
3: A tragédia de Birlstone 33
4: Escuridão 45
5: Os personagens do drama 59
6: A luz do amanhecer 75
7: A solução 91

PARTE 2 – Os vingadores

1: O homem 113
2: O grão-mestre 125
3: Loja 341, Vermissa 147
4: O Vale do Medo 167
5: O momento mais obscuro 181
6: Perigo 197
7: A captura de Birdy Edwards 209

Epílogo 221

Parte 1

A tragédia de Birlstone

1

O aviso

— Sou inclinado a pensar que... — dizia eu.

— Eu também sou — comentou Sherlock Holmes, impaciente.

Creio que sou um dos mortais mais pacientes do mundo, mas admito que fiquei incomodado com essa interrupção sarcástica.

— Francamente, Holmes — disse eu, severamente —, você é um pouco difícil, às vezes.

Ele estava absorto demais nos próprios pensamentos para dar uma resposta imediata à minha admoestação. Apoiando o queixo na mão, com o café da manhã intocado à frente, observava a tira de papel que acabara de remover de um envelope. Então, pegou o envelope, ergueu-o contra a luz e estudou com muito detalhe tanto o exterior quanto a aba.

— É a letra do Porlock — disse, pensativo. — Não tenho dúvida de que se trata da letra do Porlock, embora eu a tenha visto somente duas vezes na vida. O "e" grego com o floreio peculiar no topo é característico. Mas, se é mesmo de Porlock, então deve ser algo de grande importância.

Ele falava mais para si mesmo do que para mim, mas minha vexação desapareceu em meio ao interesse que as palavras suscitaram.

— Quem é esse tal Porlock? — perguntei.

— Porlock, Watson, é um pseudônimo, uma mera marca de identificação, mas por trás disso jaz uma personalidade maliciosa e evasiva. Numa carta anterior, ele me informou francamente que o nome não era o dele mesmo e me desafiou a encontrá-lo entre os muitos milhões desta grande cidade. Porlock é importante, não por si mesmo, mas pelo grande homem com quem tem contato. Imagine o peixe-piloto com o tubarão, o chacal com o leão... qualquer coisa que seja insignificante acompanhado do que é formidável: não apenas formidável, Watson, mas sinistro... sinistro no grau mais alto. É aí que ele entra no meu alcance. Já me ouviu falar do professor Moriarty?

— O famoso cientista criminoso, tão famoso entre os bandidos quanto...

— Poupe-me, Watson! — Holmes murmurou num tom depreciativo.

— Eu ia dizer "quanto desconhecido pelo público".

— Um toque! Um toque especial! — Holmes exclamou. — Você anda desenvolvendo uma veia inesperada de humor arteiro, Watson, contra o qual preciso aprender a me proteger. Mas, ao chamar Moriarty de criminoso, você está expressando uma calúnia aos olhos da lei... e aí está a glória e o encanto da coisa! O maior maquinador de todos os tempos, o organizador de cada malvadeza, o cérebro controlador do submundo, um cérebro que deve ter conduzido ou condenado o destino de nações... esse é o homem! Mas tão alheio ele é da suspeita geral, tão imune a críticas, tão admirável em sua administração e auto-obliteração, que por essas palavras que você expressou ele poderia arrastá-lo a um tribunal e emergir com sua pensão de um ano inteiro como consolo para seu caráter ferido. Não é ele o autor de *A dinâmica de um asteroide*, livro que ascende para tão rarefeitas alturas da matemática pura que se diz que não houve um homem na mídia científica capaz de criticar? Pode-se difamar um homem desses? Doutor da boca suja e professor caluniado: seriam esses os seus respectivos papéis! Genial, Watson. Mas se sou poupado por homens inferiores, nosso dia certamente chegará.

— Que eu esteja lá para ver! — exclamei devotamente. — Mas você falava do tal Porlock.

— Ah, sim... o tal Porlock é um elo da corrente, um pouco distante da junção principal. Porlock não é bem um elo ideal... cá entre nós. Ele é a única falha nessa corrente, até onde fui capaz de testá-la.

— Mas nenhuma corrente é mais forte que seu elo mais fraco.

— Elementar, meu caro Watson! Daí a extrema importância de Porlock. Instigado por certas aspirações rudimentares para o correto e encorajado pela estimulação sensata, criteriosa de uma ocasional nota de dez libras a ele enviada por métodos tortuosos, vez ou outra ele me deu informações avançadas de grande valor... do mais alto valor, que antecipa e impede em vez de vingar o crime. Não tenho dúvida de que, se tivermos a cifra, descobriremos que este comunicado é da natureza que eu indiquei.

Mais uma vez Holmes alisou o papel sobre seu prato limpo. Eu me levantei e, inclinado sobre ele, contemplei a curiosa inscrição, que discorria assim:

534 C2 13 127 36 31 4 17 21 41 DOUGLAS 109 293 5 37 BIRLSTONE 26 BIRLSTONE 9 47 171

— O que acha que significa, Holmes?

— Trata-se, obviamente, de uma tentativa de transmitir informações secretas.

— Mas para que serve uma mensagem cifrada se não temos a cifra?

— Neste caso, não serve para nada.

— Por que diz "neste caso"?

— Porque há muitas cifras que eu leria tão facilmente quanto leio os apócrifos da seção de classificados: essa parca leitura diverte a inteligência, mas sem fatigá-la. Mas isso aqui é diferente. Isso é claramente uma referência às palavras da página de algum livro. Enquanto não me disserem qual página e de qual livro, estou incapacitado.

— Mas por que "Douglas" e "Birlstone"?

— Claramente porque são palavras que não estão na página em questão.

— Então por que foi que ele não indicou qual é o livro?

— Sua perspicácia natural, meu caro Watson, essa destreza inata que é o deleite dos seus amigos, certamente não lhe permitiria abrigar a cifra e a mensagem dentro do mesmo envelope. Caso este se perca, quem está perdido é você. Dessa maneira, as duas têm que se perder para que algum mal se dê por isso. Nossa segunda remessa está, agora, atrasada, e será para mim uma surpresa se ela não nos trouxer ou uma carta com uma explicação ou, o que é mais provável, o volume a que essas figuras se referem.

Os cálculos de Holmes foram confirmados em questão de poucos minutos pela aparição de Billy, o criado, com a carta que esperávamos.

— A mesma letra — Holmes comentou, abrindo o envelope — e de fato assinada — acrescentou, num tom exultante, desdobrando a epístola. — Vamos lá, estamos progredindo, Watson. — Holmes franziu o cenho ao passar os olhos pelo conteúdo. — Puxa vida, que decepção! Receio, Watson, que todas as nossas expectativas deram em nada. Espero que o tal Porlock não seja ferido.

"CARO SR. HOLMES", diz ele, "Não prosseguirei mais neste assunto. É perigoso demais... ele está desconfiado de mim. Eu sei que ele suspeita. Ele veio me ver muito inesperadamente depois que eu enderecei este envelope com a intenção de enviar-lhe a chave da cifra. Eu consegui escondê-lo. Se ele tivesse visto, a coisa teria ficado feia para mim. Mas eu vejo a desconfiança nos olhos dele. Por favor, queime a mensagem cifrada, que agora não terá mais uso para você. FRED PORLOCK."

Holmes ficou sentado por um tempo, virando a carta entre os dedos, de cenho franzido, olhando fixamente para o fogo da lareira.

— Enfim — disse, finalmente —, pode não haver nada ali. Talvez seja apenas a consciência pesada dele.

Sabendo-se traidor, deve ter lido a acusação no olhar do outro.

— O outro seria, eu presumo, o professor Moriarty.

— O próprio! Quando qualquer um desse tipo diz "ele", já se sabe a quem se refere. Há um "ele" predominante para todos eles.

— Mas o que ele pode fazer?

— Hum! Pergunta difícil. Quando você tem um dos melhores cérebros da Europa contra você, e todos os poderes da escuridão de apoio, as possibilidades são infinitas. De qualquer modo, nosso amigo Porlock está evidentemente morto de medo... Compare com atenção a letra na nota com a do envelope, que foi escrita, diz ele, antes da visita infeliz. Uma é clara e firme. A outra, quase ilegível.

— Por que ele escreveu, então? Por que não largou mão?

— Porque ele receava que eu o procurasse com perguntas relativas ao caso, e possivelmente lhe trouxesse problemas.

— Sem dúvida — disse eu. — Claro. — Eu tinha pegado a mensagem cifrada original e queimava meus neurônios em cima dela. — É de enlouquecer saber que um segredo importante pode estar aqui dentro desse pedaço de papel, e que está além da capacidade humana penetrá-lo.

Sherlock Holmes tinha afastado o café da manhã que não provara e acendido o cachimbo repugnante que era o companheiro de suas meditações mais profundas.

— Será? — disse ele, recostando-se na cadeira, olhando para o teto. — Talvez existam pontos que tenham escapado ao seu intelecto maquiavélico. Consideremos o problema sob a luz da razão pura. O homem faz referência a um livro. Esse é o nosso ponto de partida.

— Um tanto quanto vago.

— Vejamos, então, se podemos defini-lo um pouco melhor. Quando foco minha mente nele, parece-me um pouco menos impenetrável. Que indícios temos desse livro?

— Nenhum.

— Ora, ora, certamente não é tão ruim assim. A mensagem cifrada começa com um grande 534, não é? Podemos considerar como hipótese funcional que 534 é a página em particular à qual se refere a cifra. Então nosso livro já se tornou um livro GRANDE, portanto temos pelo menos uma coisa a nosso favor. Que outros indícios temos acerca da natureza desse livro grande? O código seguinte é C2. O que acha desse, Watson?

— Capítulo dois, sem dúvida.

— Não pode ser, Watson. Você concorda comigo, certamente, que se a página foi dada, o número do capítulo é desnecessário. E também que se a página 534 encontra-se ainda no capítulo segundo, a duração do primeiro deve ser deveras intolerável.

— Coluna! — exclamei.

— Brilhante, Watson. Você está cintilante esta manhã. Se não for coluna, então estou muito enganado. Então, agora, veja, começamos a visualizar um livro grande, impresso em colunas duplas, que são, cada uma, de comprimento considerável, visto que uma das palavras consta no documento como a de número duzentos e noventa e três. Já alcançamos os limites do que a razão pode suprir?

— Receio que sim.

— Certamente está sendo injusto com você mesmo. Mais um lampejo, meu caro Watson: mais uma leva de raciocínio! Se o volume fosse incomum, ele teria me enviado. Em vez disso, ele pretendera, antes de seus planos serem comprometidos, enviar-me a pista dentro deste envelope. Ele diz isso na nota. Isso indicaria que se trata de um livro que ele achou que eu não teria dificuldade de encontrar por conta própria. Ele o tinha e imaginou que eu também o teria. Resumindo, Watson, é um livro muito comum.

— O que você diz certamente soa plausível.

— Então contraímos nosso escopo de busca para um livro grande, impresso em colunas duplas e de uso comum.

— A Bíblia! — exclamei, triunfante.

— Muito bom, Watson, muito bom! Mas ainda não bom o suficiente, se me permite dizer! Ainda que eu aceitasse o elogio para mim mesmo, seria pouco provável encontrar algum volume por aí à mão de qualquer um dos associados de Moriarty. Além do mais, as edições da Escritura são tão numerosas que dificilmente ele suporia que duas cópias teriam a mesma paginação. Trata-se, sem dúvida, de um livro padronizado. Ele tem certeza de que a página 534 dele concordará exatamente com a minha página 534.

— Mas pouquíssimos livros se enquadram nesse modelo.

— Exato. Aí está a nossa salvação. Nossa busca resume-se a livros padronizados que se espera que qualquer um possua.

— Bradshaw!

— Há dificuldades, Watson. O vocabulário de Bradshaw é nervoso e tenso, mas limitado. A seleção de palavras dificilmente serviria para enviar mensagens gerais.

Eliminaremos Bradshaw. O dicionário, receio, é inadmissível pelo mesmo motivo. O que nos resta, então?

— Um almanaque!

— Excelente, Watson! Estou muito enganado se você não acertou em cheio. Um almanaque! Consideremos os fatores do almanaque de Whitaker. É de uso comum. Tem o número necessário de páginas. Tem colunas duplas. Embora reservado no vocabulário inicial, ele se torna, se me lembro bem, bastante loquaz mais perto do fim. — Ele pegou o volume de sua mesa. — Aqui está a página 534, coluna dois, um bloco substancial de tinta tratando, pelo que vejo, do comércio e recursos da Índia britânica. Anote as palavras, Watson! A número treze é "Mahratta". Um começo não muito auspicioso, receio. Número cento e vinte e sete é "governo", o que pelo menos faz sentido, embora um tanto irrelevante para nós e o professor Moriarty. Agora tentemos mais uma vez. O que faz o governo de Mahratta? Ai de mim! A palavra seguinte é "cerdas". Estamos feitos, meu bom Watson! Acabou-se!

Ele falara com zombaria, mas o entortar das sobrancelhas espessas entregou seu desapontamento e irritação. Sentei-me, incapaz e infeliz, de olho nas chamas. Um longo silêncio foi quebrado por uma exclamação súbita de Holmes, que correu para um armário, do qual emergiu com um segundo volume de capa amarela na mão.

— Pagamos o preço, Watson, por sermos atualizados demais! — exclamou. — Estamos à frente do nosso tempo e sofremos as penalidades decorrentes. Sendo dia sete de janeiro, recorremos devidamente ao almanaque novo. É mais do que provável que Porlock tirou sua mensagem do antigo. Sem dúvida, ele nos teria dito isso se sua carta de explicação tivesse sido escrita. Agora vejamos o que a página 534 nos reserva. A de número treze é "há", que é mais do que promissor. Número cento e vinte e sete é "perigo": "Há perigo" — os olhos de Holmes brilhavam de empolgação, e seus dedos magros e nervosos agitavam-se conforme ele contava as palavras. — Haha! Fabuloso! Anote isso aí, Watson. "Há perigo... que... ameaça... logo... certo." Depois temos o nome "Douglas"... "rico... interior... agora... em Birlstone... Casa... Birlstone... confiança... urgente". Pronto, Watson! O que achou da razão pura e seus frutos? Se o verdureiro tivesse algo como uma grinalda de louro, eu mandaria Billy ir lá buscar.

Eu olhava para a mensagem estranha que acabara de rabiscar, enquanto ele a decifrava, numa folha de papel sobre o meu joelho.

— Que jeito mais esquisito e atrapalhado de se expressar! — disse eu.

— Pelo contrário, ele se saiu realmente muito bem — disse Holmes. — Quando você procura numa única coluna palavras com as quais se expressar, você não pode esperar que vai conseguir tudo que quer. Resta-lhe deixar algo para a inteligência de seu correspondente. O significado está claro como água. Alguém tem más intenções para com esse tal Douglas, seja lá quem for, que mora onde foi informado, um rico cavalheiro do campo. Ele tem certeza, e "confiança" foi o mais perto que pôde chegar de "confiante", de que é urgente. Eis o nosso resultado. E um pouquinho de análise digna de um artífice, esta!

Holmes tinha aquela alegria impessoal do verdadeiro artista fazendo o seu melhor trabalho, mesmo quando se lamentava, soturno, quando o resultado culminava abaixo do nível ao qual ele aspirara. Ele ainda ria de seu sucesso quando Billy abriu a porta e o inspetor MacDonald, da Scotland Yard, foi apresentado à sala.

Estávamos no início do fim da década de 1880, quando Alec MacDonald estava longe de obter a fama nacional que veio a alcançar. Era um jovem, porém confiável, membro da força policial, que se destacara em diversos casos a ele confiados. Sua estrutura alta e ossuda prometia força física excepcional, enquanto o crânio avantajado e um par de olhos lustrosos e afundados indicava com igual clareza quão aguda era a inteligência que cintilava por detrás das sobrancelhas volumosas. Era um homem calado e metódico, de natureza sisuda e forte sotaque escocês.

Duas vezes na carreira dele Holmes o ajudara a ser bem-sucedido recebendo em troca a recompensa única do prazer intelectual de solucionar o problema. Por esse motivo, a afeição e o respeito do escocês por seu colega amador eram profundos, e ele os demonstrava por meio da franqueza com a qual consultava Holmes em cada dificuldade. A mediocridade não conhece nada melhor do que si mesma, mas o talento reconhece de imediato aquilo que é genial, e MacDonald era talentoso o bastante em sua profissão para poder compreender que não havia nada de humilhante em buscar a assistência de alguém que já não tinha pares na Europa, tanto nos dons quanto na experiência. Holmes não era muito dado a amizades, mas aceitava bem o grandalhão escocês, e sorriu ao vê-lo entrar.

— O passarinho saiu cedo do ninho — disse ele. — Desejo-lhe sorte com sua minhoca, Sr. Mac. Receio que isto significa que alguém andou se comportando muito mal.

— Se você tivesse dito "espero" em vez de "receio", teria chegado mais perto da verdade, penso eu, Sr. Holmes — respondeu o inspetor, com um sorriso cheio de intenção. — Bem, um golinho talvez espante o frio que está fazendo esta manhã. Não, não quero fumar, obrigado. Não posso demorar muito; as primeiras horas de um caso são as mais preciosas, como ninguém sabe melhor do que você mesmo. Porém... porém...

O inspetor se interrompera subitamente e olhava com cara de absoluto espanto para um pedaço de papel em cima da mesa. Era a folha na qual eu anotara a mensagem enigmática.

— Douglas! — ele gaguejou. — Birlstone! Que é isto, Sr. Holmes? Mas é magia! De onde, em nome de tudo que é santo, você tirou esses nomes?

— É um enigma que o Dr. Watson e eu acabamos de solucionar. Mas por que... o que há de errado com os nomes?

O inspetor nos olhou, de um para o outro, totalmente estupefato.

— Ora, apenas — disse ele — que o Sr. Douglas, da Mansão Birlstone, foi horrivelmente assassinado ontem à noite!

2

Sherlock Holmes discursa

Era por um desses momentos dramáticos que meu amigo vivia. Seria um exagero dizer que ele ficou chocado ou até empolgado com a incrível novidade. Embora não tivesse uma gota de crueldade em sua singular composição, o homem era, sem dúvida, calejado de tanto incentivo. Entretanto, por mais que suas emoções fossem abafadas, suas percepções intelectuais eram excessivamente ativas. Não havia traço, portanto, do horror que eu sentira ao ouvir aquela pequena declaração — o rosto dele ostentava, pelo contrário, a compostura calma e interessada do químico que vê os cristais caindo cada um em seu lugar de uma solução supersaturada.

— Maravilhoso! — disse ele. — Maravilhoso!

— Você não parece surpreso.

— Interessado, Sr. Mac, mas nem um pouco surpreso. Por que eu ficaria surpreso? Eu recebo um recado anônimo de uma região que sei que é importante, avisando-me de que certa pessoa corre perigo. Dentro de uma hora, descubro que tal perigo de fato materializou-se e que a pessoa está morta. Estou interessado, mas, como você pode ver, não estou surpreso.

Em poucas frases curtas ele explicou ao inspetor os fatos acerca da carta e da cifra. MacDonald sentou-se com o queixo nas mãos e suas grandes sobrancelhas alouradas amontoadas num emaranhado amarelo.

— Eu estava a caminho de Birlstone esta manhã — disse ele. — Vim perguntar se você gostaria de vir comigo... Você e o seu amigo. Mas, pelo que você me diz, talvez seja melhor trabalharmos aqui mesmo, em Londres.

— Eu creio que não — disse Holmes.

— Mas que diabos, Sr. Holmes! — exclamou o inspetor. — Os jornais só falarão do mistério em Birlstone daqui um ou dois dias, mas que mistério é esse se existe um homem em Londres que profetizou o crime antes mesmo de acontecer? Temos somente que pôr as mãos nesse homem, e o resto será consequência.

— Sem dúvida, Sr. Mac. Mas como você sugere que ponhamos as mãos no tal Porlock?

MacDonald devolveu a carta que Holmes lhe entregara.

— Enviada de Camberwell... não ajuda muito. O nome, diz você, supõe-se. Não temos muito do que partir, de fato. Você não disse que já lhe enviou dinheiro?

— Duas vezes.

— Como?

— Em notas, para a agência dos correios de Camberwell.

— Alguma vez se deu ao trabalho de ver quem retirava?

— Não.

O inspetor pareceu surpreso — até um pouco chocado.

— Por que não?

— Porque sempre cumpro o que prometo. Eu havia prometido, quando ele escreveu pela primeira vez, que eu não tentaria rastreá-lo.

— Acha que tem alguém por trás dele?

— Eu sei que tem.

— Esse professor que ouvi você mencionar?

— Exatamente!

O inspetor MacDonald sorriu e uma de suas pálpebras tremelicou quando ele olhou para mim.

— Não vou esconder de você, Sr. Holmes, que nós, do DIC, achamos que você encuca um pouco demais com esse professor. Eu mesmo fiz umas investigações sobre o assunto. Ele parece ser um homem muito respeitável, estudado e talentoso.

— Fico feliz que você chegou ao ponto de reconhecer o talento.

— Homem, você não dá o braço a torcer! Depois que ouvi seu ponto de vista, tive que ir vê-lo. Conversamos sobre eclipses. Como a conversa chegou nesse tema, não sei dizer, mas ele tinha uma lamparina e um globo, e me explicou tudo num minuto. E me emprestou um livro, mas digo honestamente que está um pouco além do meu intelecto, mesmo eu tendo sido bem educado em Alberdeen. Ele daria um bom ministro, com o rosto fino, o cabelo grisalho e aquele jeito solene de falar. Quando ele pôs a mão no meu ombro ao nos despedirmos, foi como a bênção de um pai antes de sair para esse mundo frio e cruel.

Holmes riu e esfregou as mãos.

— Ótimo! — disse. — Ótimo! Diga-me, amigo MacDonald, essa conversa agradável e tocante ocorreu, suponho, no escritório do professor?

— Foi sim.

— Uma bela sala, não acha?

— Muito boa, realmente muito bela, Sr. Holmes.

— Sentou-se de frente para a escrivaninha dele.

— Sim.

— Com a luz do sol nos olhos e o rosto dele na sombra?

— Bom, estava anoitecendo, mas me lembro de que a lamparina estava virada para o meu rosto.

— Imagino. Ocorreu-lhe de observar um quadro acima da cabeça do professor?

— Não costumo olvidar muita coisa, Sr. Holmes. Talvez tenha aprendido isso de você. Sim, eu vi o quadro... Uma jovem com o queixo pousado nas mãos, olhando de soslaio.

— O quadro foi pintado por Jean Baptiste Greuze.

O inspetor empenhou-se para parecer interessado.

— Jean Baptiste Greuze — Holmes prosseguiu, unindo as pontas dos dedos e recostando-se na cadeira — foi um artista francês que floresceu entre os anos de 1750 e 1800. Refiro-me, claro, à carreira profissional. As críticas modernas endossaram, e muito, o alto conceito formado dele por seus contemporâneos.

O olhar do inspetor foi se perdendo.

— Não seria melhor nós... — começou ele.

— Estamos chegando lá — Holmes interrompeu. — Tudo que estou dizendo tem relação direta e vital com o que você chamou de Mistério de Birlstone. Na verdade, pode-se, em certo sentido, ser considerado o cerne da questão.

MacDonald sorriu, desanimado, e olhou para mim.

— Seus pensamentos se movem rápido demais, Sr. Holmes. Você deixa fora uma ou outra ligação e não consigo preencher o vazio. Qual poderia ser a conexão entre esse pintor morto e o caso de Birlstone?

— Todo conhecimento é útil para o detetive — comentou Holmes. — Até mesmo o fato trivial de que, no ano de 1875, uma pintura de Greuze intitulada *La Jeune Fille a l'Agneau* angariou um milhão e duzentos mil francos, mais do que quarenta mil libras, na venda de Portalis pode desatar uma linha de reflexão em sua mente.

Obviamente, desatou. O inspetor parecia honestamente interessado.

— Pode ser que isso o lembre — Holmes continuou — que os rendimentos do professor podem ser verificados em diversos livros de referência confiáveis. São setecentos por ano.

— Então, como ele poderia comprar...

— Isso mesmo! Como poderia?

— Oh, extraordinário — disse o inspetor, muito pensativo. — Continue, Sr. Holmes. Estou adorando. Muito bem!

Holmes sorriu. Sempre apreciava a admiração genuína — algo característico do verdadeiro artista.

— E quanto a Birlstone? — perguntou ele.

— Ainda temos tempo — disse o inspetor, olhando para o relógio. — Estou com um táxi na porta e não levaremos vinte minutos até Victoria. Mas sobre esse quadro, achava que você tinha me dito, certa vez, Sr. Holmes, que não chegou a conhecer o professor Moriarty.

— Nunca o vi.

— Então como sabe das salas dele?

— Ah, isso é outra história. Já estive três vezes nas salas dele, duas esperando por ele sob pretextos diferentes e partindo antes de ele chegar. Uma, bem, não posso falar muito sobre essa para um detetive. Foi na última vez que tomei a liberdade de percorrer a papelada dele... com os resultados mais inesperados.

— Encontrou algo comprometedor?

— Absolutamente nada. Foi o que me impressionou. Contudo agora você viu o porquê do quadro. Mostra que ele é um homem muito rico. Como conseguiu essa riqueza? Não é casado. O irmão mais novo é chefe de estação no oeste da Inglaterra. Seu posto lhe garante setecentos por ano. E ele possui um Greuze.

— Então?

— A dedução é simples, claro.

— Você quer dizer que ele possui grande receita e que deve obtê-la por meios ilegais?

— Exato. Claro que tenho outros motivos para pensar assim... dezenas de fios exíguos que levam vagamente para o centro da teia, onde a venenosa criatura espreita, imóvel. Apenas menciono o Greuze porque isso traz a questão para dentro do escopo da sua observação.

— Bom, Sr. Holmes, eu admito que o que você diz é interessante: mais do que interessante, é simplesmente incrível. Mas vamos esclarecer um pouco mais, se for possível. Falsificação, roubo... de onde vem o dinheiro?

— Já ouviu falar de Jonathan Wild?

— Bom, o nome me soa familiar. Personagem de romance, não era? Não presto muita atenção a detetives de romances... sujeitos que fazem as coisas e nunca lhe deixam ver como as fizeram. Apenas inspiração, e não trabalho.

— Jonathan Wild não era detetive nem personagem de romance. Foi um mestre do crime e viveu no século passado... por volta de 1750.

— Então não me é útil. Sou um homem prático.

— Sr. Mac, a coisa mais prática que podia fazer na sua vida seria trancafiar-se por três meses e passar doze horas por dia lendo os anais do crime. Tudo acontece em ciclos... até o professor Moriarty. Jonathan Wild era o motor escondido dos criminosos de Londres, a quem ele vendia seu intelecto e sua organização, ganhando quinze por cento de comissão. A roda gira e a mesma haste aparece. Tudo já foi feito antes, e será feito de novo. Contarei uma ou duas coisas sobre Moriarty que talvez lhe interessem.

— Terei interesse, sem dúvida.

— Por acaso, eu sei quem é o primeiro elo da corrente dele... uma corrente que liga esse Napoleão às avessas de um lado e centenas de brigões pobretões, batedores de carteira, chantagistas e trapaceiros de outro, com todo tipo de crime no meio. Seu mais alto subordinado é o coronel

Sebastian Moran, tão alheio e protegido e inacessível à lei quanto ele. Quanto acha que ele lhe paga?

— Gostaria de saber.

— Seis mil por ano. Ele paga pela inteligência, entende? O modo de negócios norte-americano. Descobri esse detalhe quase por acaso. É mais do que ganha o primeiro-ministro. Isso lhe dá uma ideia de quanto Moriarty ganha e da escala na qual ele opera. Outro dado: empenhei-me recentemente em caçar uns cheques de Moriarty... Apenas inocentes cheques comuns que usa para pagar as contas do lar. Foram sacados em seis bancos diferentes. Isso lhe causa alguma impressão?

— Ora, certamente! Mas o que você tira disso?

— Que ele não queria fofoca sobre a riqueza dele. Nenhum homem deveria saber o que ele tem. Não tenho dúvida de que ele possui vinte contas bancárias; o grosso da fortuna no exterior, no Deutsche Bank ou no Credit Lyonnais. Se em algum momento você tiver um ou dois anos mais folgados, recomendo que estude o professor Moriarty.

O inspetor MacDonald ficara mais impressionado com o proceder da conversa. Perdera-se em seu interesse. Agora, sua inteligência escocesa prática o trazia de volta, num estalo, à questão premente.

— Ele sabe poupar — disse ele. — Você nos tirou do curso com suas anedotas interessantes, Sr. Holmes. O que realmente conta é o seu comentário sobre haver alguma conexão entre o professor e o crime. Isso você tira do aviso que recebeu por meio do tal Porlock. Podemos, em prol das necessidades presentes, avançar um pouco mais?

— Podemos formular alguns conceitos acerca das motivações do crime. Trata-se, pelo que concluo dos seus primeiros comentários, um assassinato inexplicável, ou pelo menos não explicado. Agora, presumindo que o autor do crime é quem suspeitamos que seja, pode haver dois motivos. Em primeiro lugar, posso dizer-lhe que Moriarty governa seu pessoal com mão de ferro. Tremendamente disciplinado. Existe apenas uma punição em seu código. A morte. Podemos supor, então, que esse homem assassinado... esse Douglas, cujo destino iminente era conhecido por um dos subordinados do arquicriminoso... de algum modo traíra o patrão. Sua punição veio em seguida, e seria conhecida por todos... pelo menos para causar neles o medo de morrer.

— Bom, temos uma sugestão, Sr. Holmes.

— A outra é que o crime foi engendrado por Moriarty no prosseguir normal dos negócios. Houve algum roubo?

— Não ouvi nada disso.

— Sendo assim, claro, os fatos vão mais contra a primeira hipótese, mais a favor da segunda. Moriarty pode ter sido acionado para engendrar o crime sob a promessa de partilhar os espólios, ou deve ter sido pago o bastante para organizá-lo. Ambas são possíveis. Porém, seja lá qual for, ou se trata de uma terceira combinação, é em Birlstone que devemos procurar a solução. Conheço nosso homem bem demais para supor que ele tenha deixado qualquer coisa por aqui que possa nos levar até ele.

— Então devemos ir a Birlstone! — exclamou MacDonald, pulando da cadeira. — Minha nossa! Está mais tarde do que eu achava. Posso esperar cinco minutos, cavalheiros, para que se preparem, e nada mais que isso.

— Mais do que suficiente para nós dois — disse Holmes, levantando-se e correndo trocar do roupão para o terno. — Enquanto estivermos a caminho, Sr. Mac, peço que faça a gentileza de contar-me tudo sobre o caso.

"Tudo sobre o caso" provou ser um pouco decepcionante, e, no entanto, havia o bastante para garantir que o caso à nossa frente poderia muito bem ser digno da atenção do especialista. Radiante, ele esfregava as mãos magras escutando os detalhes escassos, embora notáveis. Deixávamos para trás uma longa série de semanas estéreis e, finalmente, surgia um objeto à altura daquelas habilidades incríveis que, como todos os dons especiais, tornavam-se uma irritação para o dono quando não eram postos ao uso. Aquele cérebro afiado ficava cego e enferrujado quando inativo.

Os olhos de Sherlock Holmes reluziam, as bochechas pálidas ganharam um matiz mais cálido, e todo o seu rosto ávido brilhava com uma luz interior quando a voz da justiça o alcançava. Inclinado para o detetive no táxi, ele ouvia atentamente o esboço curto que MacDonald fazia do problema que nos aguardava em Sussex. O inspetor dependia, como nos havia explicado, de um relato a ele entregue pelo trem nas primeiras horas da manhã. White Mason, o agente local, era um amigo pessoal, e por isso MacDonald fora notificado muito mais prontamente do que costuma ocorrer com a Scotland Yard quando provinciais precisavam de sua assistência. Eram quase sempre muito frias as pistas com as quais o especialista da metrópole costumava ser chamado para lidar.

"CARO INSPETOR MACDONALD [dizia a carta que ele lera para nós],

O pedido oficial dos seus serviços está num envelope separado. Isto é apenas para você. Conte-me em qual trem da manhã você poderá vir a Birlstone, e eu o encontrarei — ou mandarei que o recebam, caso eu esteja ocupado demais. Este caso é dos grandes. Não perca tempo e comece já os trabalhos. Se puder trazer o Sr. Holmes, por favor, traga, pois ele encontrará algo de que gosta. Pensaríamos que a cena toda fora montada para efeito teatral, não fosse o homem morto no meio. Palavra! Este é mesmo dos grandes."

— Seu amigo não parece ser nada bobo — Holmes comentou.

— Não, senhor, White Mason é um rapaz muito vivo, se é que posso dizer.

— Bom, tem algo mais?

— Apenas que ele nos dará todos os detalhes quando nos encontrarmos.

— Então, como você chegou ao Sr. Douglas e ao fato de que ele foi terrivelmente assassinado?

— Isso constava no relatório oficial. Não dizia "terrível": não é um termo reconhecido oficialmente. Dava o nome John Douglas. Mencionava que o homem sofrera ferimentos na cabeça, do disparo de uma arma de fogo. Mencionava também a hora do alarme, que ocorreu por volta da meia-noite de ontem. Acrescentava que o caso tratava-se, sem dúvida, de assassinato, mas que ninguém fora preso, e que o caso apresentava aspectos muito desconcertantes e extraordinários. Isso é tudo que temos no momento, Sr. Holmes.

— Então, com a sua permissão, deixemos como está, Sr. Mac. A tentação de formular teorias prematuras com dados insuficientes é a desgraça da nossa profissão. Eu vejo apenas duas certezas no momento... uma mente grandiosa em Londres e um homem morto em Sussex. A corrente que os liga é o que vamos traçar.

3

A tragédia de Birlstone

Agora, por um momento, peço permissão para remover minha personalidade insignificante e descrever eventos que ocorreram antes da nossa chegada à cena, à luz de informações que chegaram até nós mais tarde. Somente dessa maneira posso elucidar o leitor acerca das pessoas envolvidas e da estranha composição em que seus destinos foram lançados.

A vila de Birlstone é um pequeno e muito antigo conjunto de casinhas de estilo enxaimel localizado na borda norte do condado de Sussex. Passara séculos do mesmo jeito, porém, nos últimos anos, sua aparência e condição pitorescas foram atraindo uma porção de residentes bem-sucedidos, cujas casas de campo destacavam-se nos bosques circundantes.

Os locais acreditam que esses bosques são a orla extrema da grande floresta Weald, que vai se rareando até alcançar as dunas calcárias ao norte. Uma pequena porção de lojinhas surgiu no intuito de suprir as necessidades da população crescente; portanto, parece haver um prospecto de que Birlstone logo cresça de uma vila antiga para uma cidade moderna. Ela é o centro de uma área considerável do interior, visto que Tunbridge Wells, o ponto de referência mais próximo, fica cerca de dezoito quilômetros ao leste, além das fronteiras de Kent.

A pouco menos de um quilômetro da cidade, num antigo parque famoso por suas imensas faias, fica a antiga Mansão Birlstone. Parte dessa venerável construção remonta à época das primeiras cruzadas, quando Hugo de Capus construiu um forte no centro da propriedade, que lhe fora concedida pelo rei Vermelho. Isso foi destruído pelo fogo em 1543 e parte de suas pedras chamuscadas foi usada quando, em eras jacobinas, uma casa de campo foi erguida nas ruínas do castelo feudal.

A mansão, com seus inúmeros torreões e as diminutas janelas em forma de losango, ainda apresentava muito do que o construtor deixara no início do século XVII. Dos fossos que protegiam seu predecessor mais bélico, o externo fora deixado secar e cumpria a humilde função de horta. O interno continuava ali, com seus doze metros de largura, apesar dos poucos metros de profundidade, em torno de toda a casa. Um riachinho o alimentava e prosseguia depois dele, de modo que o curso d'água, embora turvo, nunca se tornava poluído ou insalubre. As janelas do andar térreo apareciam cerca de meio metro acima da superfície da água.

O único acesso à casa dava-se por sobre uma ponte levadiça, cujas correntes e molinete enferrujaram e quebraram muito antes. Os últimos inquilinos da mansão, no entanto, com vigor característico, consertaram tudo, e a ponte levadiça não somente podia ser elevada, como era, de fato, elevada toda noite e baixada toda manhã. Desse modo, revisitando o uso dos antigos dias de feudo, a mansão era convertida em ilha durante a noite — fato que tinha ligação direta com o mistério que estava prestes a concentrar as atenções de todos os ingleses.

A casa passara alguns anos desocupada e ameaçava minguar para um decaimento pitoresco quando os Douglas tomaram posse dela. A família consistia de apenas dois indivíduos — John Douglas e sua esposa. Douglas era um homem notável, tanto em caráter quanto em pessoa. De idade, devia ter uns cinquenta, e um rosto firme, queixo largo, bigode grisalho, olhos acinzentados especialmente afiados e estrutura robusta e vigorosa que não perdera nada da força e energia da juventude. Era animado e cordial com todos, mas um tanto desatado nos modos, passando a impressão de que fora criado numa classe social um pouco inferior à da sociedade do condado de Sussex.

Entretanto, embora visto com certa curiosidade e reserva por seus vizinhos mais cultos, ele logo adquirira grande popularidade entre os moradores, participando ativamente de todos os assuntos locais e frequentando as festas e demais eventos, nos quais, tendo ele uma rica voz de tenor, estava sempre pronto para contribuir com uma bela canção. Parecia ter muito dinheiro, que se dizia ter sido ganho nas minas de ouro da Califórnia, e ficava evidente, pelo modo com que ele e a mulher falavam, que ele passara parte da vida na América.

A boa impressão produzida por sua generosidade e seus modos democráticos foi incrementada pela reputação obtida com uma total indiferença ao perigo. Embora péssimo cavaleiro, aparecia em todos os encontros e levava os maiores tombos em sua determinação de equiparar-se aos melhores. Quando a casa paroquial pegou fogo, ele se destacou também pelo destemor com o qual reentrou no edifício para salvar a propriedade, mesmo depois de a brigada de incêndio local tê-lo dado como impossível. Foi assim que o John Douglas da mansão, em questão de cinco anos, ganhara para si uma bela reputação em Birlstone.

A esposa também era popular com todos que a haviam conhecido, embora, segundo o hábito dos ingleses, os convites feitos a uma desconhecida que fizera residência no condado, sem as devidas apresentações, eram poucos e nada frequentes. Isso pouco a incomodava, pois que se retirava por vontade própria, e parecia deveras ocupada, a todos os de fora, com o marido e as atividades domésticas. Sabia-se que ela era uma senhora inglesa que conhecera o Sr. Douglas em Londres, que na época era viúvo. Era uma bela mulher, alta, morena e esbelta, uns vinte anos mais nova que o marido, disparidade esta que não parecia de modo algum intervir na alegria de sua vida familiar.

Às vezes comentavam, contudo, os que os conheciam melhor, que a confiança entre os dois não parecia completa, visto que a esposa era muito reticente com relação à vida prévia do marido, ou, então, o que parecia mais provável, conhecia-a apenas superficialmente. Os mais observadores notavam e comentavam também que, às vezes, a Sra. Douglas dava sinais de nervosismo e que demonstrava uma ansiedade pronunciada se o marido demorava-se um pouco mais a voltar para casa. No calmo interior, onde toda fofoca era bem-vinda, essa fraqueza da dona da mansão não passava despercebida e ficava mais evidente na memória do povo quando ocorriam eventos que lhe davam significado maior.

Havia outro indivíduo, ainda, cuja residência sob aquele teto fora, a bem da verdade, apenas ocasional, mas sua presença na época desses acontecimentos estranhos que agora serão narrados colocou seu nome em evidência perante o público. Trata-se de Cecil James Barker, de Hales Lodge, Hampstead.

O alto e desembaraçado Cecil Barker era sempre visto na via principal de Birlstone, pois era um visitante frequente e bem-vindo na mansão. Era mais notado por ser o único amigo do passado desconhecido do Sr. Douglas que era visto em sua nova morada inglesa. Barker era, sem dúvida, um homem inglês, mas, por seus comentários, ficava evidente que ele conhecera Douglas na América e vivera lá certa intimidade com ele. Parecia ser pessoa de riqueza considerável e tinha fama de solteirão.

Era muito mais novo que Douglas — 45 no máximo. Um homem alto, imponente, de peito largo e rosto de barba feita de lutador profissional, sobrancelhas grossas, fortes e negras, e um par de olhos dominadores que, mesmo sem a ajuda de suas mãos muito capazes, poderia abrir-lhe caminho numa multidão hostil. Ele não cavalgava nem caçava, mas passava seus dias zanzando pela vila com o cachimbo na boca, ou passeando com o anfitrião, ou, na ausência deste, com a anfitriã, pelos belos campos.

— Um cavalheiro tranquilo e generoso — disse Ames, o mordomo. — Mas minha nossa! Eu não queria ser inimigo dele!

Era cordial e íntimo com Douglas, e não era menos amigável com a esposa — amizade esta que mais de uma vez pareceu causar certa irritação no marido, tanto que até mesmo os criados puderam perceber o incômodo.

Era essa a terceira pessoa que estava junto da família quando ocorreu a catástrofe.

Quanto aos demais habitantes da velha casa, basta mencionar, de uma residência grande como aquela, o empertigado, respeitável e capaz Ames, e a Sra. Allen, pessoa animada e rechonchuda, que aliviava a senhora de algumas das tarefas do lar. Os outros seis criados da casa não têm relação alguma com os eventos da noite de 6 de janeiro.

Eram 11h45 quando o primeiro alarme chegou à pequena estação de polícia local, a cargo do sargento Wilson, da polícia de Sussex. Cecil Barker, muito agitado, correra até a porta e malhara furiosamente a campainha. Uma terrível tragédia ocorrera na mansão e John Douglas fora assassinado. Era esse o ofegante conteúdo que ele tinha de transmitir. O homem retornara às pressas para a casa, seguido em questão de minutos pelo sargento, que chegou à cena do crime um pouco depois da meia-noite, após tomar a precaução imediata de alertar as autoridades do condado de que algo sério acontecera.

Ao chegar à mansão, o sargento encontrara a ponte levadiça abaixada, as janelas iluminadas, e toda a residência em estado de frenética confusão e alarde. Os criados, muito pálidos, aninhavam-se no saguão de entrada, e o mordomo esfregava as mãos, sobressaltado, parado na entrada. Somente Cecil Barker parecia controlar a si e suas emoções; ele abrira a porta mais próxima da entrada e acenara ao sargento para que o acompanhasse. Nesse momento chegou o Dr. Wood, altivo e competente clínico geral da vila. Os três entraram juntos no local do crime, com o mordomo horrorizado nos calcanhares, que fechou a porta ao passar para impedir o acesso dos criados ao terrível cenário.

O morto jazia de barriga para cima, esparramado, braços e pernas esticados, no centro da sala. Cobria-o somente um roupão rosa, por cima das roupas de dormir. Havia pantufas em seus pés nus. O médico ajoelhou ao lado dele, levando consigo a lamparina que encontrara sobre a mesa. Bastou olhar para a vítima e o médico soube que sua presença ali seria desnecessária. O homem sofrera ferimento seríssimo. Pousada em cima do peito dele estava uma arma curiosa, uma escopeta com o cano cerrado a trinta centímetros dos gatilhos. Estava claro que a arma fora disparada à queima-roupa e que o homem recebera a carga toda no rosto, estourando sua cabeça aos pedaços. Os gatilhos tinham sido amarrados para tornar a descarga simultânea ainda mais destrutiva.

O policial do condado ficou nervoso e encucado com a tremenda responsabilidade que lhe caíra subitamente no colo.

— Não tocaremos nada enquanto meus superiores não chegarem — disse ele quase sussurrando, olhando horrorizado para a cabeça medonha.

— Nada foi tocado até agora — disse Cecil Barker. — Eu o garanto. Está vendo tudo exatamente como eu encontrei.

— Quando foi isso?

O sargento tinha tirado um caderninho do bolso.

— Foi um pouco depois das 11h30. Eu não tinha começado a me trocar; estava sentado perto do fogo, no meu quarto, quando ouvi o barulho. Não foi muito alto... parecia abafado. Desci correndo... creio que não levei trinta segundos para chegar aqui.

— A porta estava aberta?

— Sim, estava. O pobre Douglas estava deitado como você o vê. A vela que leva ao quarto estava acesa, em cima da mesa. Fui eu quem acendeu a lamparina alguns minutos depois.

— Você não viu ninguém?

— Não. Ouvi a Sra. Douglas descendo as escadas atrás de mim e me apressei para impedir que ela visse essa cena tenebrosa. A Sra. Allen, a governanta, veio e a levou. Ames tinha chegado, e corremos de volta à sala mais uma vez.

— Mas tenho certeza de que ouvi dizer que a ponte levadiça fica elevada a noite toda.

— Sim, estava elevada até que eu a baixei.

— Então, como um assassino pode ter fugido? Isso está fora de cogitação! O Sr. Douglas teve ter atirado em si mesmo.

— Essa foi a nossa primeira ideia. Mas veja! — Barker puxou de lado a cortina e mostrou que o comprido painel da janela estava completamente aberto. — E veja isso! — Erguendo a lamparina, Barker iluminou uma mancha de sangue como a pegada de uma bota no batente de madeira. — Alguém pisou aqui quando foi sair.

— Está querendo dizer que alguém atravessou o fosso?

— Exatamente!

— Então, se você chegou à sala meio minuto após o crime, ele devia estar na água naquele exato momento.

— Não tenho dúvida disso. Como eu queria ter saído janela afora! Mas a cortina cobria tudo, como você pode ver, então isso não me ocorreu. Depois ouvi a Sra. Douglas vindo, e não podia deixar que entrasse na sala. Teria sido horrível demais.

— Horrível, de fato! — disse o médico, olhando para a cabeça estilhaçada e as marcas terríveis que a circundavam. — Não vejo ferimentos desses desde o acidente na ferrovia de Birlstone.

— Porém, penso eu — comentou o sargento, cujo lento e bucólico senso comum ainda ponderava sobre a janela aberta —, faz todo o sentido você dizer que um homem escapou atravessando o fosso, mas eu lhe pergunto: como ele conseguiu entrar na casa se a ponte estava elevada?

— Ah, boa pergunta — disse Barker.

— A que horas foi elevada?

— Perto de seis da tarde — disse Ames, o mordomo.

— Ouvi — disse o sargento — que ela costumava ser elevada ao pôr do sol. Portanto por volta de quatro e meia, e não às seis, nesta época do ano.

— A Sra. Douglas recebera visitas para o chá — disse Ames. — Eu não podia erguer a ponte enquanto não fossem embora. Eu mesmo a elevei depois.

— Então o fato é o seguinte — disse o sargento —: se alguém veio de fora... *se* veio de fora... deve ter entrado pela ponte antes das seis e ficado escondido desde então, até quando o Sr. Douglas entrou na sala, após as onze.

— Exatamente! O Sr. Douglas dava uma volta ao redor da casa toda noite; era a última coisa que fazia antes de entrar, para ver se as luzes estavam apagadas. Isso o trouxe até aqui. O homem estava esperando e atirou. Depois saiu pela janela e deixou a arma para trás. É assim que eu entendo, visto que nada mais se adequa aos fatos.

O sargento pegou um cartão que se encontrava no chão, ao lado do defunto. As iniciais V.V. e, debaixo delas, o número 341 tinham sido rudemente rabiscados a tinta.

— O que é isto? — perguntou ele, mostrando o cartão.

Barker fitou-a com curiosidade.

— Não tinha reparado nela — disse. — O assassino deve ter deixado para trás.

— V.V. 341. Não significa nada para mim.

O sargento ficou virando o cartão que segurava entre os dedos.

— O que seria V.V.? As iniciais de alguém, talvez. O que tem aí, Dr. Wood?

Era um martelo dos grandes que jazia no tapete em frente à lareira — um martelo robusto, de trabalhador. Cecil Barker apontou para uma caixa de pregos de cabeça de cobre em cima da cornija.

— O Sr. Douglas estava mexendo nos quadros ontem — disse. — Eu mesmo o vi em cima daquela cadeira, arrumando um quadro grande. Daí o martelo.

— É melhor colocarmos de volta no tapete, onde o encontramos — disse o sargento, coçando a cabeça. Estava confuso, perplexo. — Será preciso o sujeito mais inteligente da polícia para chegar ao fundo desta história. Já terá passado para Londres antes de ser concluída. — Ele ergueu a lamparina e pôs-se a caminhar lentamente pela sala. — Ei! — exclamou, animado, puxando a cortina para o lado. — A que horas essas cortinas foram fechadas?

— Quando acendemos as lamparinas — disse o mordomo. — Um pouco depois das quatro.

— Alguém ficou escondido aqui, certamente. — O sargento baixou a lamparina e as marcas das botas enlameadas ficaram ainda mais visíveis no cantinho. — Estou inclinado a pensar que isso confirma a sua teoria, Sr. Barker. Parece que o homem entrou na casa depois das quatro, quando as cortinas foram fechadas, e antes das seis, quando a ponte foi elevada. Entrou nesta sala, porque foi a primeira que viu. Não havia outro lugar no qual se esconder, então ele se meteu atrás desta cortina. Isso tudo me parece muito evidente. É bem provável que sua intenção principal fosse assaltar a casa, mas o Sr. Douglas acabou dando de cara com ele, então ele o assassinou e fugiu.

— É exatamente como eu enxergo — disse Barker. — Mas não estamos desperdiçando um tempo precioso? Não poderíamos começar a procurar no campo, antes que o homem escape?

O sargento ficou pensando por um momento.

— Não há trens antes das seis da manhã, então ele não pode fugir de trem. Se ele seguir pela estrada com as pernas molhadas, é bem provável que alguém repare. De qualquer modo, eu não posso sair daqui enquanto não me substituírem. Mas acho melhor nenhum de vocês sair enquanto não tivermos uma noção mais clara da situação.

O médico tinha a lamparina na mão e analisava o corpo atentamente.

— Que marca é essa? — perguntou. — Pode ter alguma conexão com o crime?

O braço direito do morto escapava do roupão, exposto até o cotovelo. No meio do antebraço havia um curioso desenho marrom, um triângulo dentro de um círculo, destacado em alto relevo na pele branca.

— Não é uma tatuagem — disse o médico, espiando através dos óculos. — Nunca vi nada igual. O homem foi marcado em algum momento, do mesmo modo que se marca o gado. O que poderia significar isso?

— Não posso dizer que conheço o significado — disse Cecil Barker —, mas já vi essa marca em Douglas muitas vezes durante os últimos dez anos.

— Eu também — disse o mordomo. — Nas muitas vezes em que o patrão puxou as mangas, notei a mesma marca. Sempre me perguntei o que poderia ser.

— Então não tem nada a ver com o crime — disse o sargento. — Mas é esquisito, mesmo assim. Tudo neste caso é esquisito. Ora, o que foi agora?

O mordomo tinha soltado uma exclamação de surpresa e apontava para a mão estendida do morto.

— Tiraram a aliança! — exclamou ele.

— Como?

— Isso mesmo. O patrão sempre usava a aliança de ouro no dedo mindinho da mão esquerda. O anel com a pedra bruta nesse dedo ficava acima, e a serpente retorcida no anelar. Ali está a pedra, e ali está a serpente, mas a aliança sumiu.

— Ele tem razão — disse Barker.

— Está me dizendo — falou o sargento — que a aliança ficava atrás do outro?

— Sempre!

— Então o assassino, ou seja lá quem for, primeiro tirou esse anel de pedra bruta, como você o chamou, depois a aliança, e depois recolocou o anel de pedra bruta.

— Exato!

O pobre policial do condado sacudiu a cabeça.

— Creio que o quanto antes pusermos o pessoal da capital neste caso, melhor — disse. — White Mason é um sujeito esperto. Nenhum trabalho local foi complicado demais para White Mason. Muito em breve ele estará aqui para nos ajudar. Mas receio que teremos que acionar a capital para resolver. Enfim, não me envergonho em dizer que se trata de um caso um pouco denso demais para gente como eu.

4
Escuridão

Às três da manhã, o detetive-chefe de Sussex, atendendo ao chamado urgente do sargento Wilson, de Birlstone, chegou, vindo da base, numa pequena carroça atrás de um cavalo ofegante. No trem das 5h40 ele enviara sua mensagem à Scotland Yard, e estava na estação de Birlstone ao meio-dia para nos receber. White Mason era um sujeito calado e tranquilo; apareceu vestindo um terno largo de *tweed*, de barba feita, o rosto rosado, corpo robusto e fortes pernas arqueadas enfiadas em galochas, num visual de fazendeiro, caçador aposentado ou qualquer coisa na face da terra, exceto um espécime dos mais valiosos da polícia criminal da província.

— Esse é dos grandes mesmo, Sr. MacDonald! — ele ficava repetindo. — O pessoal da imprensa vai ficar feito moscas quando tomar conhecimento. Espero que já tenhamos feito o nosso trabalho quando eles começarem a meter o nariz no assunto, bagunçando todas as pistas. Não me lembro de ter visto algo desse porte. Alguns detalhes farão muito sentido para você, Sr. Holmes, se não me engano. E também a você, Dr. Watson, pois os médicos terão algo a dizer antes de terminarmos. Ficarão hospedados no Westville Arms. Não tem outro lugar, mas ouvi dizer que o lugar é bom e limpo. Por aqui, cavalheiros, por favor.

Esse detetive de Sussex era uma pessoa muito agitada e cordial. Em dez minutos, todos haviam encontrado suas acomodações. Noutros dez, estávamos sentados no salão da pousada, ouvindo um esboço rápido dos eventos que foram delineados no capítulo anterior. MacDonald fazia um comentário aqui e acolá, enquanto Holmes permanecia calado, absorto, com uma expressão de admiração e surpresa, tal como a de um botânico que avalia uma flor rara e preciosa.

— Incrível! — disse ele quando a história foi revelada. — Muito interessante! Não consigo me lembrar de outro caso cujos detalhes fossem tão peculiares.

— Imaginei que fosse dizer isso, Sr. Holmes — disse White Mason muito contente. — Estamos muito a par de tudo aqui em Sussex. O que acabo de lhes contar é como estavam as coisas quando assumi o posto do sargento Wilson, entre três e quatro da manhã. Minha nossa! Como abusei daquele pobre cavalo! Mas não precisava ter tido tanta pressa pois, no fim das contas, não havia nada imediato a se fazer. O sargento Wilson tinha todos os fatos. Eu os chequei e considerei, e acrescentei alguns em que reparei.

— E quais seriam? — Holmes perguntou avidamente.

— Bom, primeiro examinei o martelo. O Dr. Wood estava lá para me ajudar. Não encontramos sinais de violência nele. Eu imaginava que, se o Dr. Douglas tivesse se defendido com o martelo, talvez teria deixado uma marca no assassino antes de largá-lo no tapete. Mas não havia mancha nenhuma.

— Claro que isso não prova nada — comentou o inspetor MacDonald. — Já houve muitos casos de martelos usados em assassinatos sem sinal do uso no martelo.

— Evidente. Não prova que não foi usado. Mas poderia haver marcas, e isso teria nos ajudado. De fato, não havia marca alguma. Depois examinei a arma. Eram cartuchos de chumbo grosso e, como o sargento Wilson apontou, os gatilhos tinham sido amarrados para que, se puxassem o primeiro, os dois canos seriam disparados. Quem fez a amarração tinha resolvido não correr o risco de errar o alvo. A arma cerrada tinha pouco mais de meio metro... poderia ser facilmente carregada debaixo do terno. Não havia nome completo do fabricante, mas as letras P-E-N, impressas na junção entre os barris e o resto do nome, foram cortadas pelo serrote.

— Um P grande com um floreio em cima, E e N menores? — perguntou Holmes.

— Exatamente.

— Companhia de Armas Pequenas da Pensilvânia... Empresa americana muito famosa — disse Holmes.

White Mason olhou para o meu amigo como o médico do vilarejo olha para o especialista da Harley Street, que com uma palavra resolve as dificuldades que o deixam perplexo.

— Isso ajuda muito, Sr. Holmes. Sem dúvida, o senhor tem razão. Maravilhoso! Maravilhoso! Por acaso tem os nomes de todos os fabricantes de armas do mundo na memória?

Holmes encerrou o assunto com um aceno.

— Não há dúvidas de que se trata de uma escopeta americana — continuou White Mason. — Já ouvi dizer que usam escopetas de canos cerrados em algumas partes da América. Tirando o nome no barril, a ideia me ocorrera. Há certa evidência de que esse homem que entrou na casa e matou o dono é americano.

MacDonald sacudiu a cabeça.

— Homem, você está se adiantando demais — disse ele. — Eu ainda não ouvi evidência alguma de que houve realmente um estranho dentro da casa.

— A janela aberta, o sangue no batente, o cartão esquisito, as marcas de botas no canto, a arma!

— Nada que não possa ter sido arranjado. O Sr. Douglas era americano, ou vivera por um bom tempo na América. Sr. Barker também. Não é preciso importar um americano de fora para que exista um dentro da equação.

— Ames, o mordomo...

— Que tem ele? É de confiança?

— Dez anos com Sir Charles Chandos... firme como rocha. Trabalhava com Douglas desde que este comprara a mansão, cinco anos atrás. Nunca viu uma arma desse tipo dentro da casa.

— A arma foi pensada para ser escondida. Por isso os barris foram cerrados. Caberia em qualquer caixa. Como ele poderia jurar que não havia uma arma dessas dentro da casa?

— Bem, enfim, ele nunca viu.

MacDonald sacudiu sua cabeça de escocês obstinado.

— Ainda não estou convencido de que alguém entrou na casa — disse. — Peço que o *sinhor* considere (o sotaque dele ficou ainda mais carregado quando ele se perdeu na argumentação)... Peço que o *sinhor* considere o que envolve supor que essa arma foi trazida para a casa e que todas essas coisas estranhas foram feitas por alguém de fora. Ora, isso é inconcebível! Não faz o menor sentido! Eu explico para você, Sr. Holmes, a julgar pelo que já ouvimos.

— Ora, exponha sua opinião, Sr. Mac — disse Holmes num tom mais judicial.

— O homem não é nenhum ladrão, se é que ele existe. A história da aliança e do cartão aponta para um assassinato premeditado por algum motivo particular. Muito bem. Eis um homem que entra furtivamente na casa com a intenção deliberada de cometer um assassinato. Ele sabe, se é que sabe de qualquer coisa, que vai ter dificuldade de escapar, pois a casa é cercada de água. Que arma ele escolhe? Eu diria que a mais silenciosa do mundo. Assim, ele poderia contar que, com o trabalho concluído, passaria pela janela, atravessaria o fosso e escaparia tranquilamente. Isso é compreensível. Mas não faz sentido o sujeito trazer consigo a arma mais barulhenta que podia escolher, sabendo muito bem que vai atrair cada ser humano da casa ao local tão rápido quanto puderem correr, e que com certeza será avistado antes de conseguir atravessar o fosso. Dá para acreditar nisso, Sr. Holmes?

— Bom, você defende com bastante veemência — meu amigo respondeu, pensativo. — Realmente se faz necessária uma boa dose de justificativa. Posso saber, Sr. White Mason, se você examinou a porção exterior do fosso alguma vez para ver se tem algum sinal de que alguém saiu da água por ali?

— Não havia sinal, Sr. Holmes. Mas é um muro de pedra; não era de esperar que houvesse.

— Nenhum rastro ou marca?

— Nada.

— Por acaso haveria objeção, Sr. White Mason, quanto a irmos agora mesmo até a casa? Deve haver ainda algum detalhe sugestivo.

— Eu ia mesmo propor isso, Sr. Holmes, mas achei que seria melhor colocá-lo a par de todos esses fatos antes que fôssemos. Imagino que se algo possa ocorrer-lhe... — disse White Mason, olhando com desconfiança para o amador.

— Eu já trabalhei com o Sr. Holmes — disse o inspetor MacDonald. — Ele trabalha muito bem.

— Enfim, do meu jeito de trabalhar — disse Holmes, sorrindo. — Eu entro num caso para ajudar a justiça e a polícia a fazerem seu trabalho. Se acabei me distanciando das forças oficiais, foi porque elas se afastaram de mim primeiro. Não tenho vontade alguma de ganhar com os acertos deles. Ao mesmo tempo, Sr. White Mason, exijo o direito de trabalhar do meu jeito e dar meus resultados no meu próprio ritmo... completos, em vez de aos poucos.

— Certamente, será uma honra tê-lo por perto e mostrar-lhe tudo que sabemos — disse, cordialmente, White Mason. — Vamos lá, Dr. Watson, e quando chegar a hora, espero que todos tenhamos espaço no seu livro.

Caminhamos por uma ruazinha peculiar com uma fileira de olmos podados em cada lado. Um pouco adiante havia dois pilares de pedra antigos, gastos pelo tempo e cobertos de musgo, sustentando no topo figuras sem forma que um dia haviam sido os exuberantes leões de Capus de Birlstone. Uma caminhada curta ao longo de uma estrada curvilínea, ladeada por gramado e carvalhos, que apenas se via na Inglaterra rural, e logo após uma curva súbita, a comprida casa em estilo jacobita de tijolos cor de fígado aparecia ao longe, com um antiquado jardim de teixos aparados de cada lado. Ao chegarmos mais perto, divisamos a ponte levadiça de madeira e o belo e amplo fosso, calmo e luminoso como mercúrio sob a luz do sol do inverno.

Por três séculos passara a velha mansão. Séculos de nascimentos e recepções, de bailes e reuniões de caçadores de raposas. Estranho que, em idade tão avançada, esses assuntos obscuros viessem a lançar suas sombras naquelas paredes veneráveis! E, no entanto, aqueles tetos esquisitos e pontudos e os frontões exóticos sobressalentes compunham uma residência adequada para intrigas terríveis e sinistras. Quando vi as janelas altas e a longa fachada enegrecida pelo tempo, ocorreu-me que não haveria cenário mais adequado para uma tragédia dessas.

— Aquela é a janela — disse White Mason —, a primeira à direita da ponte. Continua aberta, do jeito em que foi encontrada na noite passada.

— Parece estreita demais para passar um homem.

— Bom, o homem não devia ser gordo. Não precisamos das suas deduções, Sr. Holmes, para saber disso. Mas eu ou você poderíamos nos espremer ali facilmente.

Holmes foi até a beira do fosso e o estudou. Depois, examinou a beirada de pedra e o gramado além.

— Já dei uma boa olhada, Sr. Holmes — disse White Mason. — Não há nada por aí, nenhum sinal de alguém ter passado... mas por que haveria de deixar marcas?

— Exato. Por que deixaria? A água é sempre assim turva?

— Geralmente é dessa cor. O riacho traz a lama.

— Qual a profundidade?

— Uns sessenta centímetros de cada lado e uns noventa no meio.

— Então podemos deixar de lado a hipótese de que o homem afogou-se ao atravessar.

— Não, nem mesmo uma criança poderia afogar-se aí.

Cruzamos a ponte e fomos recebidos por um sujeito esquisito e enrugado — o mordomo, Ames. O pobre coitado continuava pálido e trêmulo por causa do choque. O sargento local, homem alto, formal e melancólico, ainda exercia sua vigília na sala do evento. O médico tinha partido.

— Alguma novidade, sargento Wilson? — perguntou White Mason.

— Não, senhor.

— Pode ir para casa, então. Já fez o suficiente. Nós o chamaremos se precisarmos. Melhor o mordomo esperar lá fora. Diga-lhe que avise o Sr. Cecil Barker, a Sra. Douglas e a governanta que talvez precisemos falar com eles pessoalmente. Agora, cavalheiros, peço que me permitam contar-lhes as conclusões a que cheguei, e então poderão concluir por conta própria.

Fiquei impressionado com esse detetive. Acessava os fatos com tenacidade por meio de um raciocínio tranquilo, claro e razoável, algo que o levaria muito longe na profissão. Holmes escutou-o atentamente e não exibiu sinal algum daquela impaciência que os oficiais costumavam demonstrar.

— Trata-se de suicídio ou de assassinato? Essa é a primeira questão, cavalheiros, não acham? Se foi suicídio, então temos que acreditar que esse homem começou por tirar a aliança e escondê-la, que depois desceu até aqui de roupão, sujou um canto atrás da cortina no intuito de dar a impressão de que alguém esperava por ele, abriu a janela, pôs sangue no...

— Podemos facilmente pôr essa ideia de lado — disse MacDonald.

— Também acho. Suicídio está fora de cogitação. Trata-se, então, de assassinato. Temos que determinar se foi cometido por alguém de fora ou de dentro da casa.

— Bem, vamos aos fatos.

— Há dificuldades em ambos os casos e, no entanto, há de ser um ou outro. Suponhamos, inicialmente, que uma ou mais pessoas de dentro da casa cometeram o crime. Trouxeram esse homem aqui quando estava tudo quieto, porém ninguém dormia ainda. Depois o mataram com a arma mais esquisita e barulhenta do mundo, assim todos saberiam o que acontecera... arma esta que nunca fora vista na casa. Não me parece um começo dos mais promissores, certo?

— Realmente, não.

— Ora, todos concordam que, depois de soado o alarme, passou-se somente um minuto, no máximo, e todos os presentes na residência, não somente o Sr. Cecil Barker, embora ele alegue ter sido o primeiro, mas Ames e todos os outros estavam no local. Pois então, nesse ínterim, o culpado conseguiu plantar pegadas num canto, abrir a janela, manchar o batente de sangue, tirar a aliança do dedo do morto e tudo mais? Acho impossível!

— Deixou tudo muito claro — disse Holmes. — Sou obrigado a concordar com você.

— Somos, assim, levados de volta à teoria de que o crime foi cometido por alguém de fora. Ainda lidamos com grandes dificuldades, mas que deixaram de ser impossibilidades. O homem entrou na casa entre as 16h30 e às 18 horas, ou seja, entre o escurecer e o momento em que a ponte foi elevada. Receberam visitas, e a porta estava aberta; então não havia como impedi-lo. Podia ser um ladrão comum ou alguém que tinha uma mágoa pessoal contra o Sr. Douglas. Visto que o Sr. Douglas passara boa parte da vida na América e a escopeta parece ser americana, somos levados a crer que a mágoa pessoal é a teoria mais provável. Ele entrou nesta sala porque foi a primeira que viu e escondeu-se atrás da cortina. Ali ele permaneceu até depois das onze da noite. Nessa hora, o Sr. Douglas entrou na sala. Tiveram uma conversa rápida, se é que conversaram, pois a Sra. Douglas afirma que o marido a deixara poucos minutos antes de ela ouvir o disparo.

— A vela confirma isso — disse Holmes.

— Exato. A vela, que tinha acabado de ser acesa, queimou pouco mais de um centímetro. Ele deve ter colocado em cima da mesa antes de ser atacado; do contrário, claro, teria caído quando ele caiu. Isso comprova que ele não foi atacado no instante em que entrou na sala. Quando o Sr. Barker chegou, a vela estava acesa e a lamparina, apagada.

— Até agora, tudo claro.

— Bom, podemos reconstruir os fatos com base nisso. O Sr. Douglas entra na sala. Põe a vela na mesa. Um homem aparece de detrás da cortina. Ele tem essa arma em punho. Ele quer essa aliança... sabe-se lá por que motivo, mas deve ter sido assim. Douglas a entrega. Então ou a sangue frio ou no meio de uma luta... Douglas pode ter tentado usar o martelo que foi encontrado no tapete... ele atirou em Douglas desse jeito terrível. Depois largou a arma e também esse cartão esquisito... V.V. 341, seja lá o que significa... e escapou pela janela, atravessando o fosso no mesmo instante em que Cecil Barker descobria o crime. Que acha, Sr. Holmes?

— Muito interessante, mas pouco convincente.

— Puxa, seria absolutamente insólito se qualquer outra coisa não fosse pior ainda! — exclamou MacDonald. — Alguém matou o homem, e seja lá quem foi, eu poderia provar facilmente que a pessoa deveria ter feito de outro jeito. Qual é o sentido de permitir que a fuga fosse impedida assim? Qual é o sentido de usar uma escopeta quando o silêncio era a única coisa que lhe permitiria escapar? Vamos lá, Sr. Holmes, cabe ao senhor nos dar uma luz, já que diz que a teoria do Sr. White Mason é pouco convincente.

Holmes estivera sentado, observando a longa discussão com muita atenção, sem perder uma palavra que se dizia, com seus olhos afiados disparando daqui para lá, e a testa franzida pela especulação.

— Eu gostaria de conhecer mais fatos antes de formular uma teoria, Sr. Mac — disse ele, ajoelhando-se ao lado do corpo. — Minha nossa! Esses ferimentos são realmente apavorantes. Será que o mordomo pode entrar um pouco?... Ames, creio que você já viu várias vezes esse desenho incomum, o triângulo dentro do círculo, no antebraço do Sr. Douglas.

— Frequentemente, senhor.

— Nunca ouviu nenhuma especulação acerca do que significa?

— Não, senhor.

— Deve ter causado muita dor quando foi feito. Sem dúvida, é uma queimadura. Agora, eu reparei, Ames, que tem um pouco de pomada no canto do queixo do Sr. Douglas. Você reparou nisso antes?

— Sim, senhor, ele se cortou ao barbear-se ontem de manhã.

— Ele já tinha se cortado ao barbear-se antes?

— Fazia muito tempo que não acontecia, senhor.

— Sugestivo! — disse Holmes. — Claro que pode ser apenas coincidência, ou pode indicar certo nervosismo, o que sugeriria que ele tinha motivo para recear algum perigo. Você notou algo de incomum no comportamento dele ontem, Ames?

— Reparei que ele estava um pouco inquieto e agitado, senhor.

— Há! O ataque pode não ter sido completamente inesperado. Estamos fazendo certo progresso, não é mesmo? Por acaso não gostaria de prosseguir com o interrogatório, Sr. Mac?

— Não, Sr. Holmes, está em melhores mãos do que as minhas.

— Bom, então passemos para esse cartão... V.V. 341. É de cartolina. Tem algo parecido na casa?

— Creio que não.

Holmes foi até a mesa e pingou uma gotinha de cada garrafinha no papel.

— Não foi escrito nesta sala — disse ele —; aqui tem tinta preta, e a outra é púrpura. E foi escrito com uma caneta grossa, e essas são finas. Não, foi feito em outro lugar, eu diria. Ocorre-lhe alguma coisa acerca do que está escrito, Ames?

— Não, senhor, nada.

— O que você acha, Sr. Mac?

— Tenho a impressão de que se trata de algum tipo de sociedade secreta; o mesmo com a marca no antebraço.

— Concordo com essa ideia — disse White Mason.

— Bom, podemos adotá-la como hipótese de trabalho e ver até que ponto nos livramos de nossas dificuldades. Um agente de uma sociedade dessas entra na casa, aguarda o Sr. Douglas, quase explode a cabeça dele com essa arma e escapa atravessando o fosso, depois de deixar um cartão ao lado do morto, que, quando for mencionado nos jornais, alertará outros membros da sociedade de que a vingança foi concretizada. Faz bastante sentido. Mas por que essa arma, entre todas as outras?

— Exato.

— E quanto à aliança?

— Sim.

— E por que ninguém ainda foi preso? Já passa das duas. Até onde eu sei, desde o amanhecer, cada policial num raio de cinquenta quilômetros está à procura de um indivíduo encharcado.

— Isso mesmo, Sr. Holmes.

— Bom, a não ser que ele tenha abrigo aqui perto ou uma muda de roupas preparada, eles logo o encontrariam. E o fato é que, até agora, não o encontraram! — Holmes tinha ido até a janela e estava examinando, com suas lentes, a mancha de sangue no batente. — Sem dúvida, é uma marca de sapato. E bastante larga; de um pé chato, eu diria. Acho curioso, porque, caso fosse possível definir alguma pegada nesse canto sujo de lama, eu diria que se trata de uma sola de formato mais comum. Contudo, são certamente pegadas diferentes. O que é isso debaixo da mesa?

— São os halteres do Sr. Douglas — disse Ames.

— Halter. Só tem um. Onde está o outro?

— Não sei, Sr. Holmes. Talvez houvesse apenas um. Não reparo neles faz meses.

— Um halter... — disse Holmes, muito sério, mas seus comentários foram interrompidos por alguém que bateu com força na porta.

Um homem alto, moreno, bem arrumado e apessoado apareceu. Não tive dificuldade de supor que era Cecil Barker, de quem já tinha ouvido falar. Seus olhos dominadores percorreram os rostos de todos com um olhar questionador.

— Desculpe interromper a entrevista — disse ele —, mas deviam ouvir as novidades.

— Alguém foi preso?

— Não tivemos tanta sorte. Mas encontraram uma bicicleta. O sujeito largou a bicicleta para trás. Venham dar uma olhada. Está a uns cem metros da porta de entrada.

Encontramos três ou quatro criados e passantes na entrada, inspecionando uma bicicleta que fora tirada de uma moita de sempre-vivas na qual fora escondida. Era um modelo Rudge-Whitworth muito batido, tão sujo que parecia ter feito uma bela viagem. Tinha uma sacola com chave inglesa e lata de óleo, mas nenhum indício de quem era o dono.

— Seria de grande ajuda para a polícia — disse o inspetor — se essas coisas fossem numeradas e registradas. Mas devemos agradecer pelo que temos. Se não houve como descobrir para onde ele foi, pelo menos há maior chance de descobrir de onde ele veio. Mas o que poderia tê-lo feito deixar para trás a bicicleta? E como é que ele fugiu sem ela? Parece impossível obter um facho de luz neste caso, Sr. Holmes.

— Não é mesmo? — meu amigo respondeu, pensativo. — Vai saber.

5

Os personagens do drama

— Já inspecionaram bem o escritório? — perguntou White Mason quando retornávamos à casa.

— Por hora, sim — disse o inspetor, e Holmes assentiu.

— Então agora talvez queiram ouvir os relatos de alguns dos moradores da casa. Podemos usar a sala de jantar, Ames. Faça o favor de vir primeiro nos contar o que sabe.

O relato do mordomo foi simples e objetivo, e ele transmitiu uma impressão convincente de sinceridade. Fora contratado cinco anos antes, quando Douglas chegara a Birlstone. Sabia ele que o Sr. Douglas era um cavalheiro rico que juntara seu dinheiro na América. Fora um patrão bondoso e preocupado — algo com que Ames não estava realmente acostumado, mas não se pode ter tudo. Nunca via sinais de apreensão no Sr. Douglas; pelo contrário, era o homem mais destemido que conhecera. Ele ordenava que a ponte levadiça fosse elevada todas as noites por tratar-se de um costume antigo da casa, e ele gostava de manter as tradições.

Raramente o Sr. Douglas ia a Londres ou deixava a vila, mas, no dia do crime, fizera compras em Tunbridge Wells. Ames observara certa inquietude e agitação da parte do patrão nesse dia, pois o homem lhe parecera impaciente e irritado, algo que nele era incomum. Ames não fora para a cama nessa noite; permanecera na despensa, nos fundos da casa, guardando a prataria, quando ouviu a campainha soar violentamente. Não ouviu o disparo, mas seria muito difícil que ouvisse, pois a despensa e as cozinhas ficavam nos fundos da casa e havia diversas portas fechadas e um longo corredor a separá-las. A governanta saiu do quarto, atraída pelo tocar violento da campainha. Os dois foram juntos até a entrada da casa.

Quando chegaram à base da escadaria, o mordomo viu a Sra. Douglas descendo. Não, ela não estava com pressa; não lhe parecera que ela estava especialmente agitada. Assim que ela desceu o último degrau, o Sr. Barker saiu correndo do escritório. Ele parou a Sra. Douglas e implorou que voltasse.

— Pelo amor de Deus, volte ao seu quarto! — ele exclamou. — O pobre Jack está morto! Você não pode fazer nada. Pelo amor de Deus, volte!

Após certa persuasão escada acima, a Sra. Douglas retornou. Não gritou. Não exclamou nada. A Sra. Allen, a governanta, levou-a para cima e ficou com ela, no quarto. Ames e o Sr. Barker retornaram, então, ao escritório, onde encontraram tudo exatamente como a polícia vira. A vela não estava acesa nesse momento; a lamparina estava. Chegaram a olhar pela janela, mas fazia uma noite muito escura e não dava para ver nem ouvir nada. Os dois voltaram às pressas para o saguão, onde Ames acionou o molinete para baixar a ponte. O Sr. Barker saiu para chamar a polícia.

Foram esses, essencialmente, os apontamentos do mordomo.

O relato da Sra. Allen, a governanta, foi de todo uma corroboração do fornecido pelo colega. O quarto dela ficava mais perto da frente da casa do que a despensa na qual Ames trabalhava. Ela se preparava para deitar-se quando o tocar exagerado da campainha atraíra sua atenção. Não escutava lá muito bem. Talvez fosse por isso que não ouvira o disparo; em todo caso, o escritório ficava muito distante. Ela se lembrava de ter ouvido um barulho que imaginara tratar-se de uma porta batendo. Isso ocorrera bem antes — meia hora antes de tocarem a campainha. Quando o Sr. Ames saiu correndo para a entrada, ela foi junto. Viu o Sr. Barker, muito pálido e agitado, saindo do escritório. Ele interceptou a Sra. Douglas, que vinha descendo as escadas. Ele pediu que ela voltasse, e ela respondeu, mas não deu para ouvir o que disse.

— Leve-a para cima! Fique com ela! — dissera ele à Sra. Allen.

A governanta levou, então, a patroa ao quarto e procurou acalmá-la. A mulher estava para lá de agitada — o corpo todo tremia —, mas não tentou mais descer. Ficou apenas sentada de camisola em frente à lareira, com o rosto escondido nas mãos. A Sra. Allen passou boa parte da noite ali. Quanto aos demais criados, tinham todos ido para a cama, e o furdunço somente os acordou quando a polícia chegou. Dormiam nos fundos da casa e não poderiam ter ouvido alguma coisa.

No mais, a governanta não acrescentou nada que ressoasse na outra fala, a não ser lamentações e exclamações de espanto.

Cecil Barker foi a testemunha que sucedeu a Sra. Allen. Quanto às ocorrências da noite anterior, ele tinha muito pouco a acrescentar ao que já contara à polícia. Estava convencido de que o assassino escapara pela janela. A mancha de sangue era categórica, na opinião dele, na questão. Além do mais, já que a ponte estava erguida, não havia outro jeito de fugir. Ele não sabia explicar o que se dera com o assassino nem por que o sujeito não levara a bicicleta consigo, se é que era realmente dele. Ele não poderia ter se afogado no fosso, pois não passava de um metro de profundidade em lugar nenhum.

Em sua mente, ele tinha uma teoria definitiva acerca do crime. Douglas era um homem reticente e havia certas passagens de sua vida da qual nunca falava. Emigrara para a América quando ainda muito jovem. Prosperara, e Barker o conhecera na Califórnia, onde firmaram parceria numa bem-sucedida empreitada de mineração num lugar chamado Benito Canyon. Saíram-se muito bem, mas Douglas vendeu sua parte num rompante e partiu para a Inglaterra. Era viúvo, na época. Mais tarde, Barker juntou seu dinheiro e foi viver em Londres. Desse modo, os dois recobraram a amizade.

Douglas dava-lhe a impressão de que havia algum perigo que vivia a incomodá-lo, e ele sempre pensara nessa partida súbita da Califórnia, bem como no aluguel da casa em lugar tão quieto da Inglaterra como atitudes conectadas à ameaça. Barker imaginava que alguma sociedade secreta, alguma organização implacável, estava atrás de Douglas e não descansaria enquanto não o matasse. Alguns comentários do homem lhe suscitaram essa ideia, embora ele jamais comentasse qual sociedade era essa nem como ele viera a ofendê-la. Barker podia apenas supor que a legenda no letreiro fizesse referência a essa sociedade secreta.

— Quanto tempo você passou com Douglas na Califórnia? — perguntou o inspetor MacDonald.

— Cinco anos, ao todo.

— Ele era solteiro, certo?

— Viúvo.

— Algum dia ele disse qual era a nacionalidade dela?

— Não. Lembro-me de ele dizer que ela era descendente de alemães, e vi um quadro dela. Era uma mulher linda. Morreu de febre tifoide um ano antes de nos conhecermos.

— Você associa o passado dele com alguma parte específica da América?

— Ouvi-o falar sobre Chicago. Ele conhecia bem a cidade e trabalhara lá. Falava dos distritos do carvão e do ferro. O homem viajara muito no tempo dele.

— Era político? Essa sociedade secreta tinha a ver com política?

— Não, ele não dava a mínima para a política.

— Você não tem motivo algum para achar que foi um crime?

— Pelo contrário, não conheci homem mais correto em toda a minha vida.

— Havia algo de curioso na vida dele na Califórnia?

— Ele gostava mais de ficar trabalhando na nossa mina na montanha. Jamais frequentava lugares aonde iam outros homens, se podia evitar. Por isso me ocorreu no início que alguém estava atrás dele. Quando ele partiu tão subitamente para a Europa, então, tive certeza disso. Creio que ele fora avisado de algum jeito. Uma semana depois que ele se foi, uma dúzia de homens apareceu perguntando sobre ele.

— Que tipo de homens?

— Bom, não eram lá muito bem apessoados. Vieram até a mina e perguntaram onde ele estava. Eu disse que ele tinha ido à Europa e que eu não sabia como encontrá-lo. A intenção deles não era nada boa... isso ficou claro.

— Eram americanos... da Califórnia?

— Olha, não sei se eram da Califórnia. Eram americanos, sim. Mas não eram mineradores. Não sei o que eram e fiquei muito contente quando se foram.

— Isso aconteceu seis anos atrás?

— Quase sete.

— E vocês tinham passado cinco anos juntos na Califórnia, então esse negócio data de pelo menos onze anos atrás?

— Isso mesmo.

— Devia ser uma contenda muito grave para ser prolongada tão seriamente por todo esse tempo. Não podia ser coisa pequena o que a causava.

— Penso que lhe atrapalhava a vida toda. Nunca o deixava em paz.

— Mas se um homem receava tanto perigo assim, e sabia o que era, não acha que ele teria procurado a polícia para protegê-lo?

— Talvez fosse o tipo de perigo do qual não há como se proteger. Há algo que precisam saber. Ele sempre andava armado. O revólver nunca saía do bolso. Ontem à noite, no entanto, por azar, ele estava de roupão e deixara a arma no quarto. Creio que, uma vez que a ponte era erguida, ele se julgava seguro.

— Eu gostaria que você esclarecesse um pouco mais essas datas — disse MacDonald. — Faz uns seis anos que Douglas deixou a Califórnia. Você foi também no ano seguinte, certo?

— Isso.

— E ele se casou há cinco anos. Você deve ter retornado a tempo de pegar o casamento.

— Cerca de um mês antes. Fui padrinho dele.

— Você conhecia a Sra. Douglas antes do casamento?

— Não conhecia. Eu tinha passado dez anos fora da Inglaterra.

— Mas a viu bastante desde que retornou.

Barker lançou um olhar soturno para o detetive.

— Eu vi o *meu amigo* bastante desde que retornei — ele respondeu. — Se a vi também é porque não há como visitar um homem sem ver a esposa dele. Se você supõe que existe alguma conexão...

— Não suponho nada, Sr. Barker. Sou obrigado a fazer todo tipo de pergunta que pode ter relação com o caso. Mas não queria ofendê-lo.

— Algumas perguntas são ofensivas — Barker respondeu com irritação.

— Só queremos saber os fatos. É do seu interesse, e do interesse de todos, que tudo seja esclarecido. O Sr. Douglas aprovava totalmente a sua amizade com a esposa dele?

Barker ficou pálido e juntou suas mãos enormes e fortes num gesto agressivo.

— Você não tem o direito de fazer esse tipo de pergunta! — exclamou. — O que isso tem a ver com o tema da investigação?

— Preciso repetir a pergunta.

— Bom, e eu me recuso a responder.

— Pode recusar-se a responder, mas fique sabendo que sua recusa já é, em si, uma resposta, pois você não se recusaria se não tivesse nada a esconder.

Barker ficou de cara fechada por um instante, franzindo as sobrancelhas espessas numa expressão de intenso refletir. Finalmente, abriu um sorriso.

— Bom, os cavalheiros estão apenas fazendo o seu trabalho, e eu não tenho o direito de atrapalhar. Peço apenas que não incomodem a Sra. Douglas com esse assunto, pois ela já tem muito que suportar neste momento. Eu posso dizer que o pobre Douglas tinha apenas um defeito neste mundo, e era o ciúme. Ele gostava de mim; nenhum homem gostava tanto de um amigo. E era devotado à esposa. Adorava quando eu os visitava, e sempre me convidava. Entretanto, se a esposa dele e eu conversávamos, ou se parecia surgir certa simpatia entre nós, uma onda discreta de ciúme o encobria e ele perdia a cabeça e dizia algumas barbaridades. Mais de uma vez eu jurei nunca mais aparecer por causa disso, mas ele me escrevia cartas tão penitentes e suplicantes que eu não podia evitar. Mas podem acreditar em mim, cavalheiros, no que digo: nenhum homem teve uma esposa mais dedicada e fiel, e posso dizer também que nenhum amigo poderia ter sido mais leal do que eu!

Isso foi dito com fervor e sentimento e, no entanto, o inspetor MacDonald não abandonou o tema.

— Você tem ciência — disse ele — de que a aliança do morto foi tirada do dedo dele?

— Parece que sim — disse Barker.

— O que quer dizer com "parece"? Sabe que é um fato.

O homem pareceu confuso e irresoluto.

— Quando eu disse "parece", quis dizer que é possível que ele mesmo tenha tirado o anel.

— O simples fato de o anel estar ausente, seja lá quem o removeu, sugeriria a qualquer um, não é mesmo, que o casamento e a tragédia estão conectados?

Barker sacudiu seus ombros largos.

— Não posso dizer que sei o que isso significa — ele respondeu. — Mas se está insinuando que isso tem algo a ver com a honra da esposa dele — os olhos do homem arderam como se em chamas por um instante, e com esforço evidente ele recobrou o controle das emoções —, bem, está no caminho errado, só isso.

— Creio que não tenho mais perguntas a fazer — disse, muito frio, MacDonald.

— Há mais um ponto — comentou Sherlock Holmes. — Quando você entrou na sala havia apenas uma vela acesa na mesa, não é?

— Sim, havia.

— Sob essa luminosidade você viu que havia ocorrido um terrível incidente?

— Exato.

— E chamou ajuda imediatamente?

— Sim.

— E a ajuda chegou bem rápido?

— Em coisa de um minuto.

— E, no entanto, quando chegaram, encontraram a vela apagada e a lamparina acesa. Achei muito interessante.

Mais uma vez Barker demonstrou sinais de indecisão.

— Não vejo nada de interessante nisso, Sr. Holmes — respondeu ele após uma pausa. — A vela projetava uma luz muito fraca. A primeira coisa que me ocorreu foi iluminar melhor. A lamparina estava na mesa, então a acendi.

— E apagou a vela?

— Exatamente.

Holmes não fez mais perguntas, e Barker, depois de encarar deliberadamente cada um de nós com um olhar que, pareceu-me, transmitia algo de desafiador, virou-se e saiu da sala.

O inspetor MacDonald enviara um recado informando que conversaria com a Sra. Douglas no quarto dela, mas ela respondera que nos encontraria na sala de jantar. Ela entrou, uma bela e alta mulher na casa dos trinta, consideravelmente reservada e contida, muito diferente da pessoa trágica e distraída que eu imaginara. De fato, o rosto estava pálido e cansado, como o de alguém que passa por um choque dos grandes, mas se comportava com serenidade, e a mão delicada que pousou na ponta da mesa estava tão firme quanto a minha. Seus olhos tristes e suplicantes passaram por cada um de nós com expressão curiosa e inquisidora. Esse olhar questionador transformou-se subitamente numa fala abrupta.

— Já descobriram alguma coisa? — ela perguntou.

Seria a minha imaginação ou havia uma camada de medo em vez de esperança na pergunta?

— Já fizemos tudo que podia ser feito até o momento, Sra. Douglas — disse o inspetor. — Pode ficar tranquila, nada será negligenciado.

— Não poupem dinheiro — disse ela num tom nulo. — Gostaria que empregassem todo esforço possível.

— Talvez você possa nos dizer algo que esclareça um pouco mais a questão.

— Receio que não, mas tudo que sei está à sua disposição.

— Ouvimos do Sr. Cecil Barker que você não viu de fato... que não chegou a entrar na sala onde a tragédia ocorreu.

— Não, ele me fez voltar quando eu descia as escadas. Implorou que eu voltasse para o quarto.

— Entendo. Você ouviu o disparo e desceu imediatamente.

— Coloquei meu roupão e desci.

— Quanto tempo levou entre ouvir o disparo e encontrar-se com o Sr. Barker na escada?

— Alguns minutos, creio eu. É tão difícil ter noção do tempo num momento como esse. Ele me implorou para que eu não fosse até lá. Garantiu que não havia nada que eu pudesse fazer. A Sra. Allen, a governanta, acompanhou-me lá para cima. Foi tudo como um pesadelo.

— Pode nos dizer quanto tempo o seu marido passara no térreo antes de você ouvir o disparo?

— Não sei dizer. Ele saiu do *closet* dele, e eu não o ouvi sair. Ele fazia a ronda da casa toda noite, pois tinha medo de incêndio. Era a única coisa de que tinha receio.

— É justamente a esse ponto que eu queria chegar, Sra. Douglas. A senhora conheceu o seu marido apenas na Inglaterra, correto?

— Sim, estávamos casados havia cinco anos.

— Ouviu-o falar de alguma coisa que ocorrera na América que pudesse representar-lhe uma ameaça?

A Sra. Douglas pensou bastante antes de responder.

— Sim — disse, finalmente —, eu sempre senti que havia alguma coisa que o ameaçava. Ele se recusava a tratar do assunto comigo. Não era por não confiar tanto em mim... sempre houve amor e confiança totais entre nós... mas pelo desejo de me manter longe de toda preocupação. Ele achava que eu ficaria encucada se soubesse de tudo, então não me contava.

— Como sabia disso, então?

O rosto da Sra. Douglas iluminou-se com um sorriso.

— Por acaso algum homem consegue guardar um segredo pela vida toda sem que a esposa que o ama suspeite? Eu sabia porque ele se recusava a falar sobre alguns episódios da sua vida na América. Sabia por certas precauções que ele tomava. Por algumas palavras que dizia. Pelo jeito com que olhava para desconhecidos. Eu tinha certeza de que ele tinha inimigos poderosos, que acreditava que estavam atrás dele, e que estava sempre alerta. Tive tanta certeza disso que passei anos sofrendo quando ele chegava em casa mais tarde do que o esperado.

— Posso saber — perguntou Holmes — quais foram as palavras que chamaram a sua atenção?

— O Vale do Medo — a mulher respondeu. — Ele usava essa expressão quando eu o questionava. "Eu estive no Vale do Medo. Ainda não saí." Quando o achava mais sério que de costume, perguntava se jamais deixaríamos o Vale do Medo. Ele respondia que achava que talvez nunca.

— Certamente, a senhora perguntou-lhe o que significava o Vale do Medo.

— Perguntei, mas ele ficava muito sério e sacudia a cabeça. "Já basta que um de nós teve que passar por isso", dizia ele. "Deus não permita que aconteça com você!". Era algum vale real no qual ele vivera e no qual algo terrível lhe acontecera, disso eu tenho certeza, mas não sei dizer mais nada.

— E ele não chegou a mencionar um nome?

— Sim, ele chegou a delirar de febre quando sofreu um acidente durante uma caçada, três anos atrás. Lembro que ele mencionou um nome várias vezes. Falava com raiva e um pouco de horror. O nome era McGinty... McGinty, o Grão-Mestre. Quando ele se recuperou, perguntei quem era McGinty, o Grão-Mestre, e de quem ele era mestre. "Graças a Deus, não de mim!", ele respondeu, rindo, e isso foi tudo que consegui arrancar. Mas há uma conexão entre o Grão-Mestre e o Vale do Medo.

— Há outra questão — disse o inspetor MacDonald. — A senhora conheceu o Sr. Douglas numa pensão em Londres, não foi? Foi lá que contraíram noivado. Houve algo de romântico, secreto ou misterioso com relação ao casamento?

— Tivemos um romance. É sempre um romance. Algo de misterioso.

— Ele tinha um rival?

— Não, eu estava desimpedida.

— Você ouviu dizer, certamente, que levaram a aliança dele. Isso lhe sugere alguma coisa? Supondo que algum inimigo do passado o encontrara e cometera o crime, poderia ter algum motivo para levar a aliança?

Por um instante eu pude jurar que um sorriso começou a insinuar-se nos lábios da mulher.

— Eu não sei dizer, realmente — ela respondeu. — É realmente algo muito inusitado.

— Bom, não vamos mais detê-la aqui, e pedimos desculpas pelo incômodo num momento como este — disse o inspetor. — Há outras questões, sem dúvida, mas podemos tratar delas com a senhora quando for oportuno.

A moça se levantou, e mais uma vez eu captei aquele olhar questionador com o qual ela acabara de nos inspecionar. "Qual foi a impressão que meu relato causou?". Eu não me surpreenderia se ela perguntasse isso. Ela acenou e saiu da sala.

— É uma bela mulher... uma mulher linda — disse MacDonald, pensativo, quando a porta se fechou. — Certeza que esse Barker andou zanzando muito por aqui. Deve ser do tipo que atrai várias mulheres. Ele admite que o falecido era ciumento, e vai ver ele sabia muito bem o que causava o ciúme. E não nos esqueçamos da aliança. Alguém arrancar a aliança de um morto... O que acha disso, Sr. Holmes?

Meu amigo estava sentado com o queixo apoiado nas mãos, imerso no mais profundo raciocinar. Ele se levantou e tocou a campainha.

— Ames — disse, quando o mordomo entrou —, onde está o Sr. Cecil Barker agora?

— Vou ver, senhor.

Ele retornou logo em seguida e informou que Barker estava no jardim.

— Consegue se lembrar, Ames, do que o Sr. Barker usava nos pés, na noite passada, quando você o encontrou no escritório?

— Sim, Sr. Holmes. Ele usava pantufas. Eu lhe trouxe as botas para que ele fosse até a polícia.

— Onde estão essas pantufas?

— Ainda estão debaixo da cadeira, no saguão.

— Ótimo, Ames. É importante, é claro, que saibamos quais marcas foram deixadas pelo Sr. Barker e quais podem ter vindo de fora.

— Sim, senhor. Posso dizer que notei que as pantufas estavam sujas de sangue... mas as minhas também estavam.

— Muito natural, considerando as condições da sala. Muito bem, Ames. Chamaremos se precisarmos.

Alguns minutos depois estávamos no escritório. Holmes trouxera consigo as pantufas que encontrara no saguão. Como Ames observara, as solas de ambas estavam sujas de sangue.

— Esquisito! — Holmes murmurou, de frente para a janela, examinando-as minuciosamente. — Muito esquisito mesmo!

Levantando-se com um de seus pulos de gato, ele pousou a pantufa em cima da marca de sangue do peitoril. A correspondência era evidente. Ele sorriu para os colegas, sem dizer nada.

O inspetor ficou transfigurado de empolgação. Seu sotaque tilintou feito a haste no triângulo.

— Puxa — exclamou ele —, não há mais dúvida! Foi Barker quem deixou essa marca. É muito mais larga que uma pegada de bota. Eu reparei quando você disse que era um pé chato; eis a explicação. Mas qual é a jogada, Sr. Holmes? Qual é a jogada?

— Sim, qual é a jogada? — meu amigo repetiu, pensativo.

White Mason riu e esfregou as mãos, satisfeito com o caso.

— Eu disse que era dos grandes! — exclamou. — E dos maiores!

6

A luz do amanhecer

Os três detetives tinham muitos detalhes a considerar, então retornei sozinho a nossos modestos aposentos na pensão do vilarejo. Antes disso, porém, dei uma volta no curioso jardim antigo que flanqueava a casa. Fileiras de teixos muito idosos, cortados nos mais estranhos modelos, o permeavam. No interior havia um belo gramado com um relógio de sol no centro, compondo imagem tão confortante e tranquila que foi uma bênção para meus nervos agitados.

Em tão profundamente pacífica atmosfera era possível esquecer, ou lembrar-se somente como um pesadelo fantástico, o escritório sombrio com o homem esparramado no chão, coberto de sangue. Entretanto, enquanto eu caminhava por ali e tentava imergir minha alma nesse bálsamo de calmaria, ocorreu um estranho incidente que me trouxe de volta à tragédia e deixou uma impressão sinistra em minha mente.

Já mencionei que o jardim é decorado ao redor por teixos. Na porção mais distante da casa, eles se concentravam numa cerca-viva contínua. Do outro lado dessa cerca, escondido dos olhares de qualquer um que ali chegasse vindo da casa, havia um banco de pedra. Quando me aproximei do local, ouvi vozes, algum comentário nos tons graves de um homem respondido pelo tinir suave de um riso de mulher.

Um segundo depois, tendo eu dado a volta no final da cerca, meus olhos depararam com a Sra. Douglas e Barker, antes que reparassem na minha presença. Vê-la foi para mim um verdadeiro choque. Na sala de jantar, ela se comportara de modo acanhado e discreto. Agora, toda a afetação de pesar não mais existia. Seus olhos brilhavam com a alegria de viver e o rosto ainda se iluminava com a graça de algo que o companheiro comentara. Já ele estava inclinado à frente, mãos unidas e braços apoiados nos joelhos, com um sorriso estampado no rosto belo e altivo. Num instante — mas apenas um instante tarde demais —, os dois recuperaram as máscaras de solenidade quando entrei na cena. Trocaram uma ou duas palavras curtas, e então Barker levantou-se e veio ter comigo.

— Com licença, senhor — disse ele —, mas você é o Dr. Watson?

Fiz uma reverência com a frieza que demonstrava, ouso dizer, muito claramente a impressão que se produzira em minha mente.

— Achamos mesmo que fosse você, pois sua amizade com o Sr. Sherlock Holmes é muito conhecida. Se importaria de vir falar com a Sra. Douglas por um minuto?

Acompanhei o homem com muita má vontade. Conseguia ver muito bem em minha mente aquela figura estatelada no chão. Lá estavam, poucas horas depois da tragédia, a esposa e o melhor amigo rindo juntos atrás de uma moita no jardim que pertencera ao falecido. Cumprimentei a moça com reserva. Sofrera ao ver o sofrimento dela na sala de jantar. Agora encarava seu olhar suplicante com total indiferença.

— Receio que me considera insensível e desumana — disse ela.

Dei de ombros.

— Não é da minha conta — disse eu.

— Quem sabe um dia possa me compreender. Se ao menos soubesse que...

— Não há motivo para o Dr. Watson saber de qualquer coisa — Barker correu dizer. — Como ele mesmo disse, não é da conta dele.

— Exato — disse eu —, portanto, se me dão licença, gostaria de retomar a caminhada.

— Um momento, Dr. Watson — exclamou a mulher num tom suplicante. — Há uma pergunta que você pode responder com mais autoridade do que qualquer outro no mundo, e pode fazer muita diferença para mim. Conhece as relações do Sr. Holmes com a polícia melhor do que ninguém. Supondo que um assunto fosse levado ao conhecimento dele confidencialmente, seria absolutamente necessário que ele o transmitisse aos detetives?

— Sim, isso mesmo — disse Barker, ávido. — Ele está por conta ou está inteiramente junto a eles?

— Eu realmente não sei se faz sentido eu tratar dessa questão.

— Por favor... eu imploro que me diga, Dr. Watson! Eu garanto que, assim, estará nos ajudando... ajudando imensamente se puder nos esclarecer essa questão.

Havia algo de tão sincero na voz da mulher que nesse momento me esqueci completamente de sua leviandade e fui levado a simplesmente fazer o que queria.

— O Sr. Holmes é um investigador independente — eu disse. — É chefe de si mesmo e agiria segundo o julgamento próprio. Ao mesmo tempo, ele naturalmente sentiria a necessidade de ser fiel aos agentes que estão trabalhando no mesmo caso, e não esconderia deles nada que os ajudasse a levar o criminoso à justiça. Além disso, não posso dizer mais nada e sugiro que procure o Sr. Holmes pessoalmente se quiser maiores informações.

Dizendo isso, ergui o chapéu e segui meu caminho, deixando o casal ainda sentado atrás da cerca protetora. Olhei para trás quando dei a volta na ponta e vi que estavam ainda conversando com grande intimidade e, pelo modo com que olharam para mim, ficou claro que nosso breve diálogo era o assunto da conversa.

— Não quero ter nada que ver com os segredos deles — disse Holmes quando relatei o acontecido. Ele passara a tarde toda na mansão, conversando com os dois colegas, e retornara por volta das cinco com um apetite voraz pelo chá que pedi para ele. — Nada de segredos, Watson: pois tal indiscrição apenas atrapalha caso tudo termine numa prisão por conspiração e assassinato.

— Acha que será esse o resultado?

O homem estava num humor dos mais joviais.

— Meu caro Watson, quando eu terminar de examinar esse quarto ovo, estarei pronto para colocá-lo a par da situação toda. Não digo que já solucionamos... longe disso... mas encontramos o halter desaparecido...

— O halter!

— Ora, Watson, será possível que você não entendeu que o caso gira em torno do halter desaparecido? Ora, ora, não precisa ficar chateado, pois cá entre nós eu não creio que o inspetor Mac nem o excelente investigador local apreenderam a incrível importância desse incidente. Um halter, Watson! Pense num atleta com apenas um halter! Imagine o desenvolvimento unilateral, o perigo iminente de uma curvatura espinhal. Chocante, Watson, chocante!

Estava ele com a boca cheia de torrada e os olhos brilhando, vendo muita graça no meu raciocinar emperrado. Bastava ver esse apetite todo para ter certeza do sucesso, pois eu me lembrava muito nitidamente de dias e noites passadas sem que ele nem pensasse em comida, quando sua mente perplexa se desgastava com algum problema enquanto suas feições magras e ávidas ganhavam um tom mais atenuado com o ascetismo da total concentração mental. Finalmente, ele mordiscou o cachimbo e, sentado ao lado da lareira da velha pensão, falou lenta e aleatoriamente sobre o caso, mais como alguém que pensa alto que alguém que dá um relato elaborado.

— Uma mentira, Watson. Uma mentira grande, enorme, gigantesca, importuna e intransigente. É isso que encontramos ao entrar. É nosso ponto de partida. A história toda contada por Barker é mentira. Mas a história de Barker é corroborada pela Sra. Douglas. Portanto, ela também está mentindo. Estão ambos mentindo, e conspirando. Então, agora temos um problema mais evidente. Por que estão mentindo e qual é a verdade que estão se esforçando tanto para esconder? Vamos tentar, Watson, eu e você, ver se conseguimos dar a volta na mentira e reconstruir a verdade. Como eu sei que estão mentindo? Porque se trata de uma invenção atabalhoada que simplesmente não pode ser verdade. Pense nisso! Segundo a história que nos passaram, o assassino teve menos de um minuto depois de cometido o assassinato para tirar aquele anel, que estava debaixo de outro anel, do dedo do morto, recolocar esse anel... coisa que jamais deveria ter feito... e deixar aquele cartão esquisito ao lado da vítima. Tudo isso é obviamente impossível. Você pode argumentar, mas tenho respeito demais pelo seu raciocínio, Watson, para pensar que você o faria, que o anel pode ter sido tirado antes de o homem ser morto. O fato de que a vela ficou acesa por pouco tempo mostra que não houve debate muito demorado. Pelo que ouvimos sobre o caráter corajoso de Douglas, seria ele homem de ceder a aliança perante demanda assim tão imediata, ou podemos conceber que ele abriria mão dela, de todo? Não, não, Watson, o assassino ficou sozinho com o morto por algum tempo, com a lamparina acesa. Disso, não tenho a menor dúvida. Mas foi o disparo, pelo visto, a causa da morte. Portanto, o disparo deve ter sido feito um pouco mais cedo do que nos disseram. Mas não poderia haver erro em tal questão. Estamos diante, portanto, de uma conspiração deliberada arquitetada pelas duas pessoas que ouviram o disparo: Barker e a Sra. Douglas. Quando, além de tudo isso, consigo mostrar que a marca de sangue no peitoril da janela foi deliberadamente colocada ali por Barker, no intuito de dar pista falsa à polícia, você terá que admitir que o caso pende seriamente contra ele. Agora, o que temos que nos perguntar é a hora exata em que o assassinato ocorreu. Até dez e meia os criados perambulavam pela casa, então certamente não foi antes desse horário. Às quinze para as onze tinham todos ido para seus quartos, exceto Ames, que estava na despensa. Fiquei fazendo uns experimentos depois que você nos deixou à tarde e descobri que nenhum barulho que MacDonald fizesse no escritório chegava até mim na despensa, com todas as portas fechadas. O mesmo não vale, contudo, para o quarto da governanta. Não fica tão longe no corredor, e de lá eu pude ouvir vagamente uma voz quando a pessoa falava mais alto. O som de uma escopeta acaba sendo em parte abafado quando o disparo é feito à queima-roupa, como, sem dúvida, ocorreu nesse caso. Não seria muito alto, mas, no entanto, no silêncio da noite, teria facilmente penetrado o quarto da Sra. Allen. Ela não ouve muito bem, como ela mesma nos disse, mas mesmo assim mencionou em seu relato que ouviu algo como uma porta batendo meia hora antes de dado o alarme. Meia hora antes de dar-se o alarme seriam quinze para as onze. Não tenho dúvida de que o que ela ouviu foi o barulho da arma, e que essa é a hora exata do assassinato. Sendo assim, temos agora que determinar o que Barker e a Sra. Douglas, presumindo que não sejam os assassinos de fato, estariam fazendo das quinze para as onze, quando o barulho do disparo os levou lá para baixo, até as onze e quinze, quando deram o alarme e chamaram os criados. O que ficaram fazendo? E por que não deram o alarme no mesmo instante? É essa a questão que temos à frente, e quando for respondida, garanto que teremos avançado muito mais na solução do problema.

— Estou convencido de que — disse eu — existe um combinado entre essas duas pessoas. Ela deve ser uma criatura sem coração para rir de algum gracejo poucas horas depois do assassinato do marido.

— Exato. Ela não se comporta como uma boa esposa nem mesmo em seu relato do que aconteceu. Não sou um admirador genuíno do sexo feminino, como você sabe, Watson, mas minha experiência de vida me ensinou que são poucas as esposas que, tendo um mínimo de consideração por seus maridos, deixariam que as palavras ditas por alguém ficassem entre elas e o corpo de seu marido morto. Se algum dia eu me casar, Watson, espero incitar em minha esposa o sentimento que a impediria de ser tirada de cena por uma governanta quando meu corpo está a poucos metros dela. Foi muito mal encenado, pois, mesmo aos investigadores mais crus, deve destacar-se a ausência do lamento comum às mulheres. Ainda que não houvesse mais nada, esse incidente apenas me teria sugerido uma conspiração pré-arranjada.

— Então você está certo de que Barker e a Sra. Douglas são os culpados pelo assassinato?

— Há algo de aterrador em quão diretas são suas perguntas, Watson — disse Holmes, sacudindo o cachimbo na minha direção. — Elas me acertam como balas. Se você disser que a Sra. Douglas e Barker sabem a verdade sobre o assassinato e estão conspirando para escondê-lo, então posso responder-lhe com sinceridade. Tenho certeza de que sabem. Mas essa sua proposição mais incisiva não está clara. Consideremos, por um momento, as dificuldades que temos em frente. Suponhamos que esse casal esteja unido por um amor cheio de culpa, e que estavam determinados a livrar-se do homem que se impunha entre eles. É uma suposição das mais vagas, pois uma pesquisa discreta junto a criados e outros falhou em corroborá-la de todo. Pelo contrário, há bastante evidência de que o casal Douglas era muito unido.

— Isso, tenho certeza, não pode ser verdade — disse eu, pensando no belo rosto sorridente que vira no jardim.

— Bom, pelo menos eles davam essa impressão. Contudo, suponhamos que são um casal de astúcia extraordinária, que enganaram a todos nesse ponto, e conspiram para assassinar o marido. Por acaso, trata-se de um homem sobre cuja cabeça já pendia algum tipo de ameaça...

— Quanto a isso temos apenas as palavras dele.

Holmes ficou pensativo.

— Entendi, Watson. Você está esboçando uma teoria segundo a qual tudo que eles disseram desde o início é falso. Segundo a sua ideia, nunca houve ameaça desconhecida, nem sociedade secreta, nem o Vale do Medo, ou algum chefe nem nada disso. Bom, é uma generalização das grandes. Vejamos aonde isso nos leva. Eles inventam essa teoria para explicar o crime. Depois atuam nesse sentido, deixando uma bicicleta no parque como prova da existência de alguém de fora. A mancha no batente da janela transmite a mesma impressão. O mesmo faz o cartão junto ao corpo, que pode ter sido preparado dentro da casa. Tudo isso cabe na sua hipótese, Watson. Mas agora chegamos às partes incômodas, angulosas, inconvenientes, que não se ajustam no lugar. Por que usar uma escopeta cerrada, dentre todas as armas... e um modelo americano? Como poderiam ter tanta certeza de que o barulho não atrairia ninguém? Foi por mero acaso que a Sra. Allen não saiu a pesquisar que barulho fora aquele da porta batendo. Por que esses seus culpados fizeram tudo isso, Watson?

— Confesso que não tenho como explicar.

— Além disso, se uma mulher e seu amante conspiram para matar o marido, acha que vão evidenciar sua culpa removendo ostentosamente a aliança dele depois de morto? Acha isso provável, Watson?

— Realmente, não é.

— E, mais uma vez, se a ideia de deixar uma bicicleta escondida fora da casa lhe ocorresse, teria realmente parecido interessante fazer isso quando o menos hábil dos detetives diria naturalmente tratar-se de um óbvio chamariz, visto que a bicicleta é a primeira coisa de que o fugitivo precisava para escapar.

— Não me ocorre explicação alguma.

— E, no entanto, não deveria haver combinação de eventos para a qual o raciocínio de um homem não possa conceber uma explicação. Apenas como exercício mental, sem afirmar que é verdade, permita-me explicar uma possível linha de raciocínio. Admito que se trata de mera imaginação, mas quantas vezes a imaginação não dá a luz à verdade? Suponhamos que havia um segredo, algo realmente embaraçoso na vida desse Douglas. Isso o leva a ser morto por alguém que, suponhamos, veio vingar-se, alguém de fora. Esse vingador, por algum motivo que confesso ainda não consigo explicar, levou a aliança do morto. O motivo pode datar da época do primeiro casamento do homem e a aliança ter sido levada por algum motivo. Antes de esse vingador escapar, Barker e a esposa entraram no escritório. O assassino os convenceu de que qualquer tentativa de prendê-lo levaria à divulgação de algum escândalo hediondo. Eles foram convencidos por essa ideia e preferiram deixá-lo ir. Por esse motivo, devem ter baixado a ponte, algo que pode ser feito sem gerar ruído, e depois erguido de novo. Ele fugiu, e por algum motivo achou que o faria com mais segurança a pé do que de bicicleta. Portanto, ele deixou a bicicleta onde ela só seria descoberta depois que ele já tivesse sumido. Até agora estamos dentro dos limites do possível, certo?

— Bom, é tudo possível, sem dúvida — disse eu, com certa reserva.

— Temos que nos lembrar, Watson, de que se trata certamente de acontecimento extraordinário. Bom, agora, prosseguindo com a suposição, o casal, não necessariamente um casal culpado, percebe somente depois que o assassino se foi que se colocaram em uma posição na qual lhes seja difícil provar que não foram eles mesmos que cometeram o delito ou foram coniventes. Resolvem a situação de modo rápido e atrapalhado. A marca foi feita com a pantufa suja de sangue de Barker no batente da janela para sugerir que o assassino fugiu. Obviamente, foram somente os dois que ouviram o barulho da arma, então soaram o alarme exatamente como teriam feito, mas meia hora depois do evento.

— E como você pretende provar tudo isso?

— Bom, se houver alguém de fora, ele pode ser rastreado e preso. Essa seria a prova mais eficiente de todas. Do contrário, bom, os recursos da ciência estão longe de ser exauridos. Acho que passar uma noite sozinho naquele escritório me ajudaria muito.

— Uma noite sozinho!

— Sugiro que façamos isso agora mesmo. Já combinei tudo com o estimável Ames, que não tem comprometimento nenhum com Barker. Ficarei sentado naquela sala para ver se a atmosfera me traz inspiração. Acredito no *genius loci*. Está sorrindo, Watson, meu amigo. Bom, veremos. A propósito, você trouxe aquele seu guarda-chuva grande?

— Está aqui.

— Bom, pode me emprestar?

— Certamente. Mas que arma terrível! Se houver perigo...

— Não é nada sério, meu caro Watson, ou eu certamente pediria a sua ajuda. Mas vou levar o guarda-chuva. No momento, estou apenas aguardando o retorno de nossos colegas de Tunbridge Wells, onde estão agora mesmo tentando encontrar o dono da bicicleta.

Caía a noite quando o inspetor MacDonald e White Mason voltaram de sua expedição, e chegaram exultantes, relatando grande avanço na investigação.

— Rapaz, eu admito que tinha minhas dúvidas sobre haver um terceiro — disse MacDonald —, mas isso ficou para trás. Conseguimos identificar a bicicleta e temos uma descrição do homem; demos um passo e tanto na jornada.

— Parece-me que estamos diante do começo do fim — disse Holmes. — Eu os parabenizo aos dois de todo o coração.

— Bom, eu parti do fato de que o Sr. Douglas dera sinais de perturbação desde o dia anterior, quando estivera em Tunbridge Wells. Foi lá que ele tomou ciência de alguma ameaça. Ficou claro, portanto, que se um homem veio de bicicleta, foi de Tunbridge Wells que se espera que tenha vindo. Nós pegamos a bicicleta e a mostramos em hotéis. Ela foi identificada imediatamente pelo gerente do Eagle Commercial como pertencendo a um homem chamado Hargrave, que pegara um quarto lá dois dias antes. Essa bicicleta e uma pequena valise eram seus únicos pertences. Ele registrara seu nome dizendo que vinha de Londres, mas não dera endereço. A valise foi fabricada em Londres e os conteúdos eram britânicos, mas o homem mesmo era, sem dúvida, americano.

— Ora, ora — disse Holmes, animado —, vocês fizeram realmente um trabalho bem sólido enquanto eu estive aqui discutindo teorias com o meu amigo! Uma lição de praticidade, Sr. Mac.

— Isso mesmo, Sr. Holmes — disse o inspetor, com satisfação.

— Mas tudo isso pode bater com as suas teorias — comentei.

— Talvez sim, talvez não. Mas vamos ouvir o final, Sr. Mac. Não havia nada que identificasse esse homem?

— Tampouco que ficou evidente que ele se precavera cuidadosamente para não ser identificado. Não havia papéis nem cartas, e nenhuma marca nas roupas. Havia um mapa cicloviário na mesa do quarto. Ele deixou o hotel ontem, após o café da manhã, com a bicicleta, e nada mais se ouviu dele até que fomos perguntar.

— É isso que me intriga, Sr. Holmes — disse White Mason. — Se o sujeito não queria chamar atenção, seria de se esperar que ele tivesse retornado ao hotel e lá permanecido como um turista inofensivo. Agora, ele já deve saber que será denunciado à polícia pelo gerente do hotel e que seu desaparecimento será conectado ao assassinato.

— Pode ser. Entretanto, sua decisão tem justificativa até o momento, visto que ele não foi preso. E a descrição, como é?

MacDonald consultou seu bloco de notas.

— Temos apenas o que puderam nos passar. Parece que nada no homem lhes chamou muito a atenção, porém o porteiro, o balconista e a camareira, todos concordam que não há muito mais que relatar. Era um homem de cerca de 1,75m de altura, uns cinquenta anos de idade, cabelos ligeiramente grisalhos, bigode grisalho, nariz curvo e rosto que todos descreveram como altivo e ameaçador.

— Ora, tirando a expressão, seria quase uma descrição do próprio Douglas — disse Holmes. — Cinquenta e poucos, cabelo grisalho e bigode, mais ou menos a mesma altura. Disseram mais alguma coisa?

— Ele usava um terno cinza pesado com casaco, sobretudo amarelo e boina.

— E quanto à escopeta?

— Media bem menos que um metro. Poderia facilmente ser transportada na valise. Ele poderia carregá-la debaixo do sobretudo sem dificuldade.

— E como vocês acham que tudo isso influencia o caso todo?

— Bom, Sr. Holmes — disse MacDonald —, quando pegarmos o homem, e você pode ficar tranquilo que enviei essa descrição nem cinco minutos depois de ouvi-la, teremos melhores condições de avaliar. Porém, como estamos agora, é certo que fizemos um belo progresso. Sabemos que um americano que se apresenta como Hargrave veio a Tunbridge Wells dois dias atrás com uma bicicleta e uma valise. Nesta havia uma escopeta cerrada, então ele veio com o propósito certo de cometer o crime. Ontem, de manhã, ele partiu para cá na bicicleta, com a arma escondida dentro do sobretudo. Ninguém o viu chegar, até onde sabemos, mas ele não precisa passar pela vila para chegar aos portões, e há diversos ciclistas na estrada. Presumivelmente, ele escondeu imediatamente a bicicleta entre os arbustos nos quais ela foi encontrada, e possivelmente ficou ali à espreita, de olho na casa, esperando que o Sr. Douglas aparecesse. A escopeta é uma arma estranha para se usar dentro de uma casa, mas ele pretendia usá-la no lado de fora, e assim ela oferece vantagens óbvias, uma vez que seria impossível errar com ela, e o som dos disparos é tão comum numa área de caça que não chamaria a atenção de ninguém.

— Tudo muito bem esclarecido — disse Holmes.

— Bom, o Sr. Douglas não apareceu. O que fazer, então? Ele largou a bicicleta e foi até a casa no entardecer. Encontrou a ponte abaixada e ninguém por perto. Aproveitou a chance, pretendendo, sem dúvida, inventar uma desculpa caso desse com alguém. Não encontrou ninguém. Entrou na primeira sala que viu e se escondeu atrás da cortina. Ali ele pôde ver a ponte ser elevada e soube que sua única rota de fuga incluía o fosso. Ele esperou até às onze e quinze, quando o Sr. Douglas, terminada sua ronda noturna, entrou no escritório. Atirou nele e escapou, conforme o planejado. Como estava ciente de que a bicicleta seria descrita pelo pessoal do hotel e seria uma pista contra ele, deixou-a ali e seguiu caminho, de algum outro jeito, para Londres ou algum outro esconderijo que arranjara previamente. Que acha, Sr. Holmes?

— Bom, Sr. Mac, está tudo muito correto e claro, na medida do possível. Essa é a sua conclusão para a história. A minha é de que o crime foi cometido meia hora mais cedo que o relatado; que a Sra. Douglas e Barker conspiram para esconder alguma coisa; que eles ajudaram o assassino a fugir, ou pelo menos que chegaram à sala antes de ele fugir, e que fabricaram as provas da fuga pela janela, enquanto, muito provavelmente, eles mesmos o deixaram ir, baixando a ponte. Essa é a minha leitura da primeira metade.

Os dois detetives não pareceram convencidos.

— Ora, Sr. Holmes, se isso for verdade, apenas nos livramos de um mistério para cair em outro — disse o inspetor londrino.

— E, de certo modo, um mistério pior — acrescentou White Mason. — A esposa nunca esteve na América em toda a sua vida. Que ligação ela poderia ter com um assassino americano que a faria protegê-lo?

— Eu admito as dificuldades — disse Holmes. — Pretendo fazer uma breve investigação sozinho hoje à noite, que espero possa contribuir com todos.

— Podemos ajudar, Sr. Holmes?

— Não, não! Escuro e o guarda-chuva do Dr. Watson: é tudo que eu quero. E Ames, o fiel Ames, sem dúvida esclarecerá um ponto para mim. Todas as minhas linhas de raciocínio me fazem voltar invariavelmente a uma questão básica: por que um homem se exercitaria para desenvolver o corpo usando do meio mais incomum: apenas um halter?

Era tarde da noite quando Holmes retornou de sua excursão solitária. Dormiríamos num quarto com duas camas, que era o melhor que a pequena pensão interiorana pôde nos oferecer. Eu já dormia quando ele entrou, e acabei acordando.

— Então, Holmes — murmurei —, descobriu alguma coisa?

Ele ficou parado, sem dizer nada, com a vela na mão. Então aquele homem alto e esguio inclinou-se para mim.

— Pergunto, Watson — sussurrou —: você teria medo de dormir no mesmo quarto com um lunático, um homem de parafuso solto, um idiota que não bate bem das ideias?

— Nem um pouquinho — respondi, aturdido.

— Ah, que sorte — disse ele, e não falou mais nada a noite toda.

7

A solução

Na manhã seguinte, depois do café, encontramos o inspetor MacDonald e White Mason em intensa conversação na saleta do sargento da polícia local. Na mesa, à frente deles, havia uma pilha de inúmeras cartas e telegramas, que eles cuidadosamente separavam e classificavam. Três tinham sido postas de lado.

— Ainda à procura do ciclista escorregadio? — Holmes perguntou, animado. — Quais são as novidades acerca do rufião?

MacDonald apontou desanimado para a pilha de correspondência.

— Há relatos de que o viram em Leicester, Nottingham, Southampton, Derby, East Ham, Richmond e catorze outros lugares. Em três deles, East Ham, Leicester e

Liverpool, há um caso real contra ele, e ele foi, de fato, preso. O país parece sofrer uma infestação de fugitivos de sobretudo amarelo.

— Minha nossa! — disse Holmes, compassivo. — Bom, Sr. Mac, e você também, Sr. White Mason, gostaria de dar-lhes um conselho dos mais honestos. Quando entrei neste caso, combinei com vocês, como sem dúvida recordarão, que eu não apresentaria teorias parciais, mas que reteria e trabalharia com as minhas ideias até que ficasse satisfeito com sua exatidão. Por esse motivo, neste momento, não lhes direi tudo que passa pela minha cabeça. Por outro lado, eu disse que jogaria limpo com vocês e não acho que é justo permitir nem por um minuto que desperdicem energia em tarefa tão inútil. Portanto, vim aqui dar esse conselho, esta manhã, e meu conselho resume-se a três palavras: abandonem o caso.

MacDonald e White Mason ficaram pasmos com o colega famoso.

— Você acha que não tem solução! — exclamou o inspetor.

— Acho que o seu caso não tem solução. Não acho que não é possível descobrir a verdade.

— Mas esse ciclista. Ele não foi inventado. Temos a descrição, a valise, a bicicleta. O sujeito há de estar em algum lugar. Por que não procurá-lo?

— Sim, sim, sem dúvida ele está em algum lugar, e sem dúvida o pegaremos, mas não creio que valha a pena perder seu tempo em East Ham ou Liverpool. Tenho certeza de que podemos pegar um atalho para o resultado.

— Está escondendo alguma coisa. Muito injusto da sua parte, Sr. Holmes — disse o inspetor, chateado.

A solução

— Você conhece meu método de trabalho, Sr. Mac. Mas revelarei tudo o quanto antes. Só gostaria de verificar uns detalhes de certo modo, que pode ser feito prontamente, e então me despeço e retorno a Londres, deixando meus resultados inteiramente à sua disposição. Devo muito a vocês para agir de outro modo, pois em toda a minha experiência não me ocorre caso mais singular e interessante.

— Não compreendo nada, Sr. Holmes. Nós o vimos quando retornamos de Tunbridge Wells ontem à noite, e você concordava totalmente com nossos resultados. O que aconteceu desde então para fazer-lhe mudar completamente de ideia com relação ao caso?

— Bem, já que perguntou, eu passei, como dissera que faria, algumas horas ontem à noite na mansão.

— Sim, e o que aconteceu?

— Ah, só posso dar uma resposta bem geral, por hora. A propósito, andei lendo um folheto curto, porém muito claro, sobre a velha casa, que você pode comprar na tabacaria local pela modesta quantia de um *penny*.

Nisso Holmes sacou um folhetinho embelezado com uma gravura tosca da antiga mansão do bolso do colete.

— O entusiasmo de investigar aumenta imensamente, meu caro Sr. Mac, quando se tem ciência da atmosfera histórica dos arredores. Não fique impaciente assim; eu garanto que até mesmo uma descrição parca como esta suscita pelo menos uma imagem do passado na cabeça. Permita-me dar-lhe um exemplo. "Erguida no quinto ano do reinado de James I, ocupando o terreno de uma construção muito mais antiga, a mansão de Birlstone representa um dos melhores exemplos de uma residência em estilo jacobita cercada por fosso...".

— Está nos fazendo de bobos, Sr. Holmes!

— Não, Sr. Mac! O primeiro sinal de irritação que vejo em você. Bom, não vou continuar lendo em voz alta, já que ficou tão incomodado com isso. Mas quando eu lhe digo que se relata que o local foi tomado por um coronel em 1644, que Charles ficou escondido lá por vários dias durante a Guerra Civil e, finalmente, que Jorge II fez uma visita, você tem de admitir que há vários fatos interessantes associados a essa antiga casa.

— Não duvido disso, Sr. Holmes. Mas isso não é problema nosso.

— Ah, não? Não é? Enxergar tudo amplamente, meu caro Sr. Mac, é algo essencial na nossa profissão. O jogo entre as ideias e os usos oblíquos dos dados costuma ser extremamente interessante. Perdoe esses comentários de alguém que, embora um mero conhecedor do crime, é bem mais velho e talvez mais experiente que você.

— Eu mesmo o admito — disse o detetive, muito sincero. — Você chega ao ponto, eu admito, mas tem um jeito tão endiabrado de fazê-lo pelos cantos.

— Tudo bem, vou pôr de lado o passado e me ater aos fatos atuais. Eu fui ontem à noite, como já disse, à mansão. Não vi Barker nem a Sra. Douglas. Não achei necessário incomodá-los, mas fiquei contente de saber que a senhora não estava definhando e que apreciara um jantar excelente. Quem eu realmente queria visitar era o bom Sr. Ames, com quem troquei algumas amenidades, e tudo isso acabou com ele me dando permissão, sem mencionar nada para ninguém, de passar um tempo sozinho no escritório.

— Como? Com aquilo? — soltei.

— Não, não, está tudo em ordem, agora. Você deu permissão para isso, Sr. Mac, segundo me informaram. A sala retornara ao seu estado normal, e passei lá um instrutivo quarto de hora.

— O que ficou fazendo?

— Bom, sem querer fazer mistério de algo tão simples, estive à procura do halter desaparecido. Desde o início isso vem chamando muito a minha atenção quando reflito sobre o caso. Acabei encontrando-o.

— Onde?

— Ah, aqui chegamos ao limite do inexplorado. Deixe-me prosseguir um pouco mais, só um pouquinho, e prometo que revelarei tudo que sei.

— Bom, só nos resta aceitar os seus termos — disse o inspetor —, mas no que tange a você nos sugerir que abandonemos o caso... Por que raios deveríamos abandonar o caso?

— Pelo simples motivo, meu caro Sr. Mac, de que vocês não fazem a menor ideia do que estão investigando.

— Estamos investigando o assassinato do Sr. John Douglas de Birlstone.

— Sim, sim, de fato. Mas não se deem o trabalho de rastrear o misterioso cavalheiro da bicicleta. Eu garanto que isso não servirá de nada.

— Então o que sugere que façamos?

— Eu lhes direi exatamente o que têm de fazer, se concordarem.

— Ora, devo dizer que você sempre esteve certo, apesar dos modos peculiares. Eu farei o que você sugerir.

— E você, Sr. White Mason?

O detetive do condado olhou desanimado de um para o outro. Holmes e seus métodos eram novidade para ele.

— Se está bom para o inspetor, para mim também está — disse, finalmente.

— Ótimo! — disse Holmes. — Eu recomendo uma boa caminhada pelo campo para os dois. Ouvi dizer que a vista da ponte Birlstone sobre o Weald é belíssima. Sem dúvida, podem almoçar em algum hotel interessante, embora minha ignorância acerca da região me impeça de recomendar um bom. À noite, cansados, mas contentes...

— Homem, essa brincadeira está indo longe demais! — protestou MacDonald, levantando-se irritado da cadeira.

— Bom, passem o dia como quiserem — disse Holmes, dando-lhe um tapinha amigável no ombro. — Façam o que quiserem, vão aonde quiserem, mas me encontrem aqui antes de escurecer, sem falta. Sem falta, Sr. Mac.

— Isso soa muito mais razoável.

— Meus conselhos foram dos melhores, mas não vou insistir, contanto que estejam aqui quando eu precisar de vocês. Por hora, antes de partirmos, quero que escreva um recado para o Sr. Barker.

— Pois não.

— Vou ditar, se preferir. Pronto? "Caro senhor, ocorreu-me que é nosso dever drenar o fosso, na esperança de que encontremos algo...".

— É impossível — disse o inspetor. — Já verifiquei.

— Calma, meu caro. Por favor, faça o que estou pedindo.

— Continue, então.

— "... na esperança de que encontremos algo que possa acrescentar à nossa investigação. Já fiz todos os arranjos e os trabalhadores começarão amanhã de manhã a desviar o riacho...".

— Impossível!

— "... desviar o riacho, então achei melhor explicar tudo de antemão." Agora, assine e mande alguém levar por volta das quatro. Nessa hora, nos encontraremos de novo nesta sala. Até lá, cada um pode fazer o que quiser, pois lhe garanto que esta investigação chegou a uma pausa definitiva.

Começava a escurecer quando nos reunimos. Holmes agia de modo muito sério. Eu estava curioso. Os detetives, obviamente, encucados e irritados.

— Bom, cavalheiros — disse gravemente o meu amigo —, peço-lhes agora que considerem tudo comigo e julgarão por si mesmos se as observações que eu fiz justificam as conclusões a que cheguei. Está frio lá fora e não sei quanto tempo vai durar nossa expedição, então peço que usem um casaco bem quente. É de suma importância que estejamos em nossas posições antes que escureça, então, com sua permissão, devemos começar agora mesmo.

Contornamos o exterior do jardim da mansão até chegarmos a um ponto no qual havia uma abertura no cercado. Entramos por ali e, quase já no escuro, seguimos Holmes até darmos com arbustos exatamente opostos à entrada principal e à ponte levadiça, que não tinha sido erguida. Holmes agachou atrás da tela de laurel, e nós três fizemos o mesmo.

— O que fazemos agora? — perguntou MacDonald, meio rabugento.

— Vamos munir nossas almas de paciência e ficar o mais quietos possível — Holmes respondeu.

— Pra que viemos até aqui? Eu acho que você podia ser um pouco mais franco conosco.

Holmes riu.

— Watson insiste que sou um dramaturgo na vida real — disse ele. — Tenho uma veia artística saliente, e ela suplica insistentemente por uma performance bem encenada. Certamente, a nossa profissão, Sr. Mac, seria sórdida e monótona se não montássemos o cenário de vez em quando para glorificar nossos resultados. A acusação brusca, o tapa brutal na cara... qual é a impressão que passa um desfecho desses? Mas a inferência rápida, a arapuca sutil, a previsão hábil de eventos futuros, a defesa triunfante de teorias ousadas... não são o orgulho, o que justifica o nosso trabalho? Neste momento, podemos apreciar o glamour da situação e a antecipação da caçada. Onde ficaria essa empolgação se eu fosse preciso como um calendário? Peço apenas que tenha paciência, Sr. Mac, e tudo há de ficar claro.

— Bom, só espero que o orgulho e a justificativa e tudo mais venham antes que todos nós acabemos mortos de frio — disse o detetive londrino, com humor resignado.

Todos nós tínhamos bons motivos para desejar o mesmo, pois nossa vigília foi longa e amarga. Aos poucos, as sombras foram ficando mais densas sobre a ampla e soturna fachada da velha casa. Uma brisa fria e úmida vinda do fosso nos resfriava até os ossos; chegamos a bater o queixo. Havia uma única lamparina acesa na entrada e um globo de luz fixo no escritório. De resto, apenas escuridão e silêncio.

— Até quando isto vai durar? — perguntou, finalmente, o inspetor. — E o que estamos esperando?

— Não faço ideia melhor que a sua de quanto vai durar — Holmes respondeu com certa aspereza. — Se os criminosos agendassem seus movimentos como os trens nas estações, certamente seria muito mais conveniente para nós. Quanto ao que estamos... Ah, *aquilo* lá é o que estamos esperando!

Quando ele falou, a brilhante luz amarelada do escritório foi obscurecida por alguém que passou de um lado a outro. Os arbustos nos quais nos escondíamos encontravam-se exatamente defronte à janela e a cerca de trinta metros dela. Ela foi aberta, fazendo ranger as dobradiças, e pudemos ver os contornos vagos da cabeça e dos ombros de um homem olhando para fora. Por alguns minutos ele perscrutou de modo furtivo e discreto, como se quisesse ter certeza de que não o observavam. Finalmente, inclinou-se à frente, e no silêncio profundo ouvimos o agitar suave da água. Ele parecia mexer no fosso com um instrumento que tinha nas mãos. Subitamente, o homem içou alguma coisa, como um pescador iça o peixe — um objeto grande e redondo que furtou a luz quando foi trazido pela abertura.

— Agora! — berrou Holmes. — Agora!

Estávamos todos de pé, pisando em falso atrás dele com nossas pernas duras de frio, enquanto ele atravessou ligeiro a ponte para tocar freneticamente a campainha. Ouviu-se o raspar dos ferrolhos do outro lado, e um surpreso Ames apareceu na entrada. Holmes passou pelo mordomo sem dizer nada e, seguido por todos nós, correu para o escritório até então ocupado pelo homem que observávamos.

A lamparina de óleo na mesa representava o brilho que víamos lá de fora. Estava agora na mão de Cecil Barker, que a estendeu para nós quando entramos. A luz banhava aquele rosto forte, resoluto, muito bem barbeado, e seus olhos ameaçadores.

— Que diabos significa tudo isto? — exclamou. — O que querem aqui?

Holmes olhou rapidamente ao redor, e então saltou para um embrulho encharcado, amarrado com corda que jazia onde fora enfiado, debaixo da escrivaninha.

— É isto que queremos, Sr. Barker: este pacote, contendo um halter, que você acabou de tirar do fundo do fosso.

Barker encarava Holmes parecendo muito admirado.

— E como é que você sabia dele? — perguntou.

— Simplesmente porque fui eu que o coloquei ali.

— Você o colocou ali! Você!

— Talvez eu deva dizer que "recoloquei ali" — disse Holmes. — Você há de se lembrar, inspetor MacDonald, que fiquei admirado com a ausência de um dos halteres. Eu chamei sua atenção para o fato, mas, com a pressão de outros eventos, você mal teve tempo de considerar esse fato, o que lhe permitira tirar dele conclusões. Quando há água por perto e algo pesado sumiu, não é lá tão difícil supor que esse algo foi submerso na água. Valia a pena pelo menos testar a ideia, então, com a ajuda de Ames, que me permitiu entrar na sala, e o gancho do guarda-chuva do Dr. Watson, ontem eu pude pescar o embrulho para inspecioná-lo. Era de suma importância, contudo, que pudéssemos provar quem o colocara ali. Isso conseguimos com o estratagema bastante óbvio de anunciar que o fosso seria drenado amanhã, o que certamente forçaria a pessoa que o escondera a retirá-lo assim que a escuridão lhe permitisse. Temos quatro testemunhas que viram quem tirou vantagem da oportunidade, então, Sr. Barker, creio que agora é sua vez de falar.

Sherlock Holmes pôs o embrulho em cima da mesa, ao lado da lamparina, e desfez o nó do cordão que o envolvia. De dentro extraiu um halter, que jogou para junto do outro, no canto da sala. Em seguida, tirou um par de botas.

— Americanas, como podem ver — comentou, indicando a ponta.

Depois deitou na mesa uma faca comprida e afiada, guardada na bainha. Finalmente, extraiu uma trouxa de roupas contendo conjunto completo de roupas de baixo, meias, terno cinza de *tweed* e sobretudo amarelo.

— Nas roupas, nada de mais — Holmes comentou —, exceto pelo sobretudo, permeado de toques sugestivos. — Ele o ergueu carinhosamente contra a luz. — Aqui, como podem ver, fica o bolso interno, prolongado até a bainha de modo a dar espaço amplo para a truncada porção que flui. A etiqueta do alfaiate está no pescoço: "Neal, Alfaiate, Vermissa, EUA". Passei uma tarde instrutiva na biblioteca do reitor e ampliei meus conhecimentos acrescentando a eles o fato de que Vermissa é uma cidadezinha promissora na ponta de um dos mais famosos vales de carvão e ferro dos Estados Unidos. Se bem me recordo, Sr. Barker, você associou os distritos de carvão à primeira esposa do Sr. Douglas e, certamente, não seria inferência demasiado exagerada supor que o V.V. que consta no cartão deixado ao lado do corpo significa Vale de Vermissa, nem que esse mesmo vale que envia emissários do crime pode ser o Vale do Medo do qual ouvimos falar. Parece-me tudo muito claro. Agora, Sr. Barker, receio que eu esteja ocupando demais o espaço que deveria ser o da sua explicação.

A expressão no rosto de Cecil Barker durante a exposição do grande detetive foi uma beleza de ver. Raiva, admiração, consternação e indecisão foram se substituindo ali. Finalmente, ele tomou refúgio numa ironia um tanto acre.

— Já que sabe tanta coisa, Sr. Holmes, quem sabe não quer nos contar mais? — zombou.

— Eu não tenho dúvida de que poderia contar muito mais, Sr. Barker, mas seria muito mais agradável ouvi-lo da sua boca.

— Ah, você acha? Bom, tudo o que posso dizer é que, se existe algum segredo aqui, não é meu o segredo, e não sou eu quem tem de revelar.

— Bom, se vai jogar desse jeito, Sr. Barker — o inspetor disse baixinho —, teremos de mantê-lo por perto até termos o mandado para prendê-lo.

— Podem fazer o que quiserem — disse Barker, desafiador.

Os procedimentos pareciam ter chegado ao final no que tangia ao homem, pois bastava olhar para aquele rosto de granito para entender que não haveria recurso no mundo que poderia forçá-lo a testemunhar contra a sua vontade. O impasse foi rompido, no entanto, por uma voz de mulher. A Sra. Douglas estivera na entrada do escritório, ouvindo tudo, e agora entrava na sala.

— Você já fez demais, Cecil — disse ela. — Seja lá o que está por vir, você já fez demais.

— Demais, e em demasia — comentou seriamente Sherlock Holmes. — Tenho grande estima por você, senhora, e sinto que deveria pedir que confiasse um pouco no senso da nossa jurisdição e que depositasse de bom grado a sua total confiança na polícia. Pode até ter sido falha minha não seguir a dica que você me ofereceu por meio do meu amigo, o Dr. Watson, mas, na época, eu tinha todo motivo para crer que você estava diretamente envolvida no crime. Agora, tenho certeza de que não está. Ao mesmo tempo, há muito que não foi explicado e eu recomendo que você peça ao Sr. Douglas que nos conte ele mesmo a história dele.

A Sra. Douglas exclamou, admirada com as palavras de Holmes. Os detetives e eu devemos ter feito o mesmo quando notamos o homem que pareceu emergir da parede e avançou do canto mais sombreado do qual surgira. A Sra. Douglas virou-se e, num instante, tinha os braços em volta dele. Barker conteve um gesto que começara.

— É melhor deste jeito, Jack — repetiu a esposa —; tenho certeza disso.

— Realmente, Sr. Douglas — disse Sherlock Holmes —, o senhor há de concordar.

O homem ficou olhando para nós com aquela cara de alguém que acabou de sair do escuro para a luz. Era um rosto notável, olhar atrevido, bigode grisalho altivo, queixo largo e lábios bem desenhados. Ele nos olhou detalhadamente e, para minha surpresa, veio na minha direção e me entregou um monte de papéis.

— Ouvi falar de você — disse ele de um jeito não muito inglês nem americano, mas suave e agradável. — É você quem escreve as histórias. Bom, Dr. Watson, você nunca teve uma história como essa nas mãos, nisso eu aposto meu último tostão. Conte-a como quiser, mas há fatos, e não há como enganar o público quando há fatos. Estou escondido há dois dias e passei todas as horas do dia com o tanto de luminosidade que conseguia naquela ratoeira, colocando a coisa toda em palavras. Fique à vontade para ler... você e o seu público. Eis a história do Vale do Medo.

— Isso é o passado, Sr. Douglas — Sherlock Holmes disse baixinho. — O que queremos agora é ouvir a sua história do presente.

— Eu contarei, senhor — disse Douglas. — Posso fumar enquanto falo? Ah, obrigado, Sr. Holmes. Você também fuma, se bem me lembro, então sabe como é passar dois dias com tabaco no bolso, mas ter medo de ser traído pelo cheiro. — Ele se encostou na cornija e tragou o charuto que Holmes lhe dera. — Ouvi falar de você, Sr. Holmes. Nunca me ocorreu que um dia o conheceria. Mas antes de ler tudo aquilo — ele acenou para os meus papéis —, concordará que eu trouxe algo novo.

O inspetor MacDonald estivera contemplando o recém-chegado com o maior espanto.

— Ora, não entendo mais nada! — ele soltou, finalmente. — Se você é o Sr. John Douglas de Birlstone, então quem é o morto cujo assassinato estamos investigando faz dois dias, e de onde raios você saiu agora? Pareceu que saiu do chão feito palhaço da caixa.

— Ah, Sr. Mac — disse Holmes, chacoalhando o dedo para censurar o inspetor —, você não quis ler aquela excelente compilação que descrevia como o rei Charles se escondera. As pessoas não se escondiam naquela época sem um bom esconderijo, e um esconderijo que fora um dia usado pode ser usado de novo. Eu enfiei na cabeça que encontraríamos o Sr. Douglas debaixo desse teto.

— E há quanto tempo vem brincando conosco, Sr. Holmes? — disse o inspetor, irritado. — Quanto tempo nos permitiu perder numa busca que já sabia absurda?

— Nem por um segundo, meu caro Sr. Mac. Somente ontem à noite concluí minhas impressões acerca do caso. Visto que não havia como pô-las à prova até hoje, sugeri que você e seu colega tirassem o dia de folga. O que mais eu podia fazer? Quando encontrei as roupas no fosso, ocorreu-me no mesmo instante que o corpo que encontramos poderia não ser do Sr. John Douglas, mas do ciclista de Tunbridge Wells. Só havia essa conclusão. Por isso eu tinha que determinar onde poderia estar o Sr. John Douglas, e julguei mais provável que, com a conivência da esposa e do amigo, ele se escondera numa casa que possui tais conveniências para um fugitivo e esperaria por momento mais calmo, quando pudesse finalmente escapar.

— Você descobriu tudo mesmo — disse Douglas, admirado.
— Eu quis evitar a lei britânica. Não tinha certeza de como me enquadrava nela e também vi a chance de despistar aqueles cães do meu rastro. Vejam, desde o início, não fiz nada do que me envergonhar e nada que não faria de novo, mas vocês mesmos julgarão quando eu contar a minha história. Nem precisa me dizer, inspetor: estou pronto para falar a verdade, nada mais que a verdade. Não vou começar do começo. Está tudo ali — ele indicou a minha papelada —; e verão que história mais esquisita. Resume-se tudo a isto: há gente que tem motivo para me odiar e daria o último tostão para ter certeza de que me pegou. Enquanto eu estiver vivo e eles também, não há local seguro neste mundo para mim. Eles me caçaram de Chicago à Califórnia; tive que deixar a América. Quando me casei e vim morar neste local tranquilo, achei que meus últimos anos de vida seriam de paz. Nunca contei à minha esposa como era a situação. Para que incluí-la nisso? Ela nunca teria um momento que fosse de tranquilidade, viveria esperando problemas. Eu imaginava que ela suspeitava de alguma coisa; devo ter

soltado uma coisinha aqui e ali, mas até ontem, depois que os senhores falaram com ela, ela não sabia de nada. Ela disse tudo o que sabia, e Barker também; na noite em que tudo aconteceu, não havia tempo para explicações. Agora, ela sabe tudo. Teria sido muito melhor se tivesse contado antes. Mas era difícil para mim, querida — ele segurou a mão da esposa por um instante —, e eu fiz isso pensando no melhor. Bom, cavalheiros, no dia anterior ao incidente eu estava em Tunbridge Wells e reparei num homem na rua. Apenas reparei, mas tenho um olhar afiado para essas coisas, e nem cheguei a duvidar de quem era. Era o pior inimigo de todos que eu tinha... esteve atrás de mim como lobo atrás da presa por todos esses anos. Eu sabia que corria perigo, então vim para casa e me preparei. Julguei que poderia lidar com tudo sozinho. Minha sorte era alardeada por todo o país uns tempos atrás. Tinha certeza de ainda possuí-la. Passei o dia seguinte todo em alerta, nem cheguei a sair para o jardim. De outro modo, ele teria conseguido me derrubar com aquela escopeta antes que eu pudesse sacar uma contra ele. Depois que ergueram a ponte... minha cabeça sempre se acalmava quando aquela ponte era erguida no entardecer... tirei a história da cabeça. Não me ocorreu que ele poderia entrar na casa e esperar por mim. Mas quando fazia a ronda, já de roupão, mal entrara no escritório e pressenti o perigo. Acho que quando um homem já passou por todo tipo de perigo na vida... e isso me aconteceu mais de uma vez na minha época... ele ganha um tipo de sexto sentido que soa o alarme. Vi os sinais claramente, mas ainda assim não sabia por quê. Nesse instante avistei uma bota debaixo da cortina da janela, e foi então que entendi tudo. Eu tinha apenas uma vela na mão, mas entrava bastante luz do corredor, pela porta aberta. Pus a vela na mesa e pulei para o martelo que deixara na cornija. No mesmo instante ele avançou para mim. Vi o brilho da faca e ataquei com o martelo. Devo ter acertado, pois a faca caiu no chão. Ele deu a volta na mesa, ágil feito uma enguia, e um segundo depois tinha tirado a arma do casaco. Ouvi-o engatilhar, mas agarrei a arma antes do tiro. Eu segurava pelo cano, e lutamos desesperadamente por um minuto ou mais. Era a morte para quem não aguentasse segurar. Ele não soltava de jeito nenhum, mas segurou-a para cima por tempo demais. Talvez eu tenha puxado o gatilho. Talvez tenhamos os dois atirado. Enfim, ele estava com o cano na cara, e lá estava eu, de frente para o que restara de Ted Baldwin. Eu o reconhecera na vila, e depois quando ele avançou contra mim, mas nem a mãe o reconheceria do jeito que eu o vi ali. Estou acostumado com coisa feia, mas admito que tive enjoo ao ver aquilo. Eu me apoiava na mesa quando Barker apareceu. Ouvi minha esposa vindo e corri para a porta para detê-la. Mulher nenhuma tem que ver um troço daquele. Prometi que voltaria logo. Disse alguma coisa para o Barker, que aceitou tudo num instante, e esperamos pelos demais que viriam. Mas não houve mais sinal. Então entendemos que eles não tinham ouvido nada, e que apenas nós sabíamos de tudo que acontecera. Foi nesse instante que me ocorreu a ideia. Fiquei bastante admirado com a genialidade! A manga do homem tinha erguido um pouco, e lá estava a marca da loja no antebraço dele. Vejam!

O homem que se apresentava como Douglas puxou a manga do casaco e mostrou um triângulo marrom dentro de um círculo. Exatamente o mesmo que víramos no morto.

— Foi quando vi isso que a ideia me ocorreu. Como se visse tudo claramente num instante. Ele tinha a mesma altura, o cabelo, o porte que eu. Ninguém tinha como conferir o rosto do pobre! Eu trouxe essas roupas, e num quarto de hora Barker e eu pusemos nele o meu roupão, e o deixamos como vocês encontraram. Juntamos tudo numa trouxa e usei como peso o único que pude encontrar. Depois joguei pela janela. O cartão que ele pretendia deixar ao lado do meu corpo, pusemos ao lado do dele. Meus anéis, pusemos no dedo dele, mas quando era para pôr a aliança — ele estendeu a mão musculosa —, vocês podem ver que eu tinha chegado ao meu limite. Nunca tirei essa aliança desde o dia em que me casei e precisaria de uma lixa para tirar. Não sei bem dizer se eu ligaria tanto por ficar sem ela, mas se quisesse, não conseguiria. Então tivemos que deixar esse detalhe por conta própria. Por outro lado, trouxe um pouco de gesso e coloquei onde estou usando neste momento. Você deixou isso passar, Sr. Holmes, por mais esperto que seja, pois, se tivesse tirado o gesso, não teria encontrado corte nenhum debaixo. Bom, essa era a situação. Se eu pudesse ficar quieto por um tempo e encontrar a minha "viúva" em algum lugar, teríamos a chance de finalmente viver em paz para o resto da vida. Esses demônios não me dariam descanso enquanto não me vissem debaixo da terra, mas se vissem nos jornais que Baldwin tinha acabado comigo, seria o fim dos meus problemas. Não tive muito tempo para explicar tudo para Barker e a minha esposa, mas eles entenderam o suficiente para poder me ajudar. Eu já sabia desse esconderijo, e Ames também, mas não passou pela cabeça dele ligá-lo ao incidente. Eu me escondi lá; coube a Barker fazer o resto. Acho que vocês já imaginam o que ele fez. Ele abriu a janela e fez a marca no batente para dar a ideia de como o assassino havia escapado. Era uma história e tanto, mas com a ponte erguida, não havia alternativa. Então, quando estava tudo pronto, ele soou o alarme com todo o afinco. O que aconteceu em seguida, vocês sabem. Bom, cavalheiros, vocês podem fazer o que quiserem, mas eu contei toda a verdade, que Deus me ajude. O que queria saber agora é como fico com a lei britânica?

O silêncio foi quebrado por Sherlock Holmes.

— A lei britânica é, em si, uma lei justa. Você terá somente o que merecer, Sr. Douglas. Mas eu gostaria de saber como esse homem sabia que você morava aqui, ou como entrar na sua casa ou onde se esconder para pegá-lo.

— Não sei nada disso.

O rosto de Holmes estava pálido e muito sério.

— Receio que a história não acabou ainda — disse ele. — Talvez enfrente perigos piores que a lei britânica. Talvez piores até que seus inimigos da América. Vejo problemas à frente, Sr. Douglas. Escute o que eu digo: continue alerta.

E agora, meus pacientes leitores, peço que me acompanhem por um momento a um lugar distante da mansão de Birlstone, em Sussex, e longe também do ano no qual fizemos essa jornada agitada que acabou com a estranha história do homem conhecido como John Douglas. Quero voltar uns vinte anos com vocês, e uns milhares de quilômetros ao oeste, e contar uma história singular e terrível — tão singular e tão terrível que talvez seja difícil acreditar que ocorreu tudo que pretendo relatar.

Não pensem que passo para outra história antes de terminar a primeira. Ao longo da leitura vocês verão que não é isso. E quando eu tiver detalhado esses eventos distantes e vocês tiverem solucionado esse mistério do passado, nos encontraremos mais uma vez naquelas salas da Baker Street, onde este, como tantos outros eventos admiráveis, chegará à conclusão.

Parte 2

Os vingadores

1

O homem

Era o dia 4 de fevereiro de 1875. Fizera um inverno severo e a neve alcançara as porções mais profundas dos desfiladeiros das montanhas Gilmerton. Os arados a vapor haviam, no entanto, mantido a estrada aberta, e o trem noturno que ligava a comprida fileira de assentamentos de mineradores de carvão e ferro rangia lentamente a caminho dos declives íngremes que levavam de Stagville, na planície, a Vermissa, a cidade localizada na entrada do Vale de Vermissa. A partir desse ponto, os trilhos seguem para a travessia dos Bartons, Helmdale, e ao condado basicamente agrícola de Merton. Era um trilho único, mas a cada entrada — e eram muitas — longas fileiras de caminhões lotados de carvão e ferro revelavam a riqueza escondida que trouxera uma população rude e uma vida agitada para esse canto desolado dos Estados Unidos.

Pois era realmente desolado! O primeiro homem a atravessá-lo mal podia imaginar que as pradarias mais distantes e os pastos mais verdejantes não valiam nada se comparados a esse terreno sombrio de penhascos enegrecidos e mata fechada. Acima das florestas escuras e em geral de difícil penetração nos arredores, as coroas altas e nuas das montanhas, a neve muito branca e o denteado das rochas apareciam imponentes em cada lado, desenhando um vale comprido, serpeante e tortuoso no meio. E por ele o trenzinho ia lentamente subindo.

Tinham acabado de acender as lamparinas a óleo no vagão dos passageiros — um carro comprido e espaçoso no qual cerca de vinte a trinta pessoas viajavam sentadas. Boa parte delas eram trabalhadores retornando do dia de labuta na porção inferior do vale. Pelo menos doze, pelos rostos sujos de fuligem e os lampiões de segurança que carregavam, proclamavam-se mineiros. Estavam sentados num grupo, fumando, conversando baixinho, olhando vez por outra para dois homens do lado oposto do vagão, cujos uniformes e distintivos mostravam que eram policiais.

Diversas mulheres da classe operária e uma ou duas viajantes que podiam ser atendentes de lojas compunham o restante do grupo, com a exceção de um rapaz sozinho num canto. É com esse rapaz que devemos nos preocupar. Dê uma boa olhada nele, pois vale a pena.

É um rapaz de pele clara, corpo mediano, beirando, poder-se-ia supor, os trinta anos. Ele tem grandes, astutos, altivos olhos acinzentados que brilham de curiosidade toda vez que ele olha ao redor, através dos óculos, para as pessoas que o circundam. Percebe-se facilmente que se trata de rapaz sociável e provavelmente simples, ávido por fazer amizade com todos. Qualquer um poderia supor que é de hábito gregário e comunicativo por natureza, esperto no pensar e sempre pronto a sorrir. E, no entanto, o homem que o estudasse com mais detalhe poderia discernir certa firmeza no rosto e uma tensão nos lábios que indicariam que há mais a descobrir a fundo, e que esse agradável rapaz irlandês dos cabelos castanhos poderia facilmente deixar sua marca, tanto de bem quanto de mal, em qualquer sociedade à qual fosse apresentado.

Tendo feito um ou dois comentários hesitantes para o mineiro mais próximo e recebido apenas respostas curtas e grossas, o viajante resignou-se a ficar quieto em antipatia, admirando, pela janela, a paisagem que ficava para trás.

O panorama não era nem um pouco promissor. Em meio à escuridão cada vez mais densa pulsava o brilho avermelhado das fornalhas nas laterais dos morros. Pilhas enormes de restos de minério e montes de cinzas erguiam-se de cada lado, com os mastros altos das minas logo atrás. Grupos de homens, casas de madeira — cujas janelas começavam a inundar-se de luz — espalhavam-se aqui e acolá ao longo do caminho, e as paradas frequentes surgiam lotadas com o povo moreno que ali habitava.

Os vales de carvão e ferro do distrito de Vermissa não eram lugar para os desocupados e os cultos. Em todo canto via-se os sinais da severidade de um modo de vida dos mais duros, do trabalho pesado a ser feito e dos trabalhadores fortes e rudes que o faziam.

O jovem viajante admirava esse território tristonho com uma mistura de repulsa e interesse no rosto, o que mostrava que o cenário era novidade para ele. Vez ou outra, tirava do bolso uma densa carta a qual consultava e em cujas margens rabiscara algumas notas. Numa dessas, tirou das costas da cintura algo que dificilmente se esperaria em posse de homem tão aparentemente pacato: um revólver dos grandes. Quando ele o inclinou para a luz, o brilho refletido nas bordas dos cartuchos de cobre dentro do barril mostrou que estava totalmente carregado. O rapaz correu devolvê-lo para o bolso secreto, mas não antes que um trabalhador sentado bem à frente, num banco contíguo, pudesse vê-lo.

— Olá, rapaz! — disse ele. — Pronto para o que der e vier.

O rapaz sorriu com ar de embaraço.

— Sim — disse ele —, às vezes precisamos de um desses no lugar de onde eu venho.

— E que lugar é esse?

— Venho de Chicago.

— Nunca esteve para estes lados?

— Nunca.

— Vai perceber que precisa aqui também — disse o operário.

— Ah! É mesmo?

O rapaz pareceu interessado.

— Não ouviu falar do que acontece por aqui?

— Nada de muito incomum.

— Ora, achei que o país todo já soubesse. Logo você vai ouvir. O que o traz para cá?

— Ouvi dizer que sempre tem trabalho para quem procura.

— Você é membro da união?

— Claro.

— Então vai arranjar um trabalho. Tem algum amigo?

— Ainda não, mas sei bem como arrumar.

— E como é isso?

— Faço parte da Antiga Ordem dos Homens Livres. Toda cidade tem uma loja, e onde tem uma loja eu faço amigos.

O comentário surtiu efeito especial no acompanhante. Ele olhou ao redor, com desconfiança, para os demais passageiros. Os mineiros continuavam a cochichar. Os dois policiais quase dormiam. O homem levantou-se, sentou-se ao lado do rapaz e estendeu a mão.

— Aperte aí — disse.

Os dois apertaram as mãos.

— Vejo que fala a verdade — disse o operário. — Mas prefiro me certificar.

Ele ergueu a mão direita para a sobrancelha direita. O viajante, ao mesmo tempo, ergueu a mão esquerda para a sobrancelha esquerda.

— As noites mais escuras são desagradáveis — disse o operário.

— Sim, para um estranho viajar — respondeu o outro.

— Muito bem. Sou o irmão Scanlan, loja 341, Vale de Vermissa. Bom ver você por estas bandas.

— Obrigado. Sou o irmão John McMurdo, loja 29, Chicago. Grão-mestre, J. H. Scott. Mas que sorte a minha encontrar um irmão tão cedo.

— Bom, tem um monte de nós por aí. Não verá a ordem florescer tanto em qualquer lugar do país quanto aqui, no Vale de Vermissa. Estamos mesmo precisando de um rapaz como você por aqui. Não entra na minha cabeça um rapaz jovem da união não encontrar coisa para fazer em Chicago.

— Nunca me faltou trabalho — disse McMurdo.

— Então por que partiu?

McMurdo indicou os policiais com a cabeça e sorriu.

— Acho que aqueles caras ali adorariam ouvir — disse.

Scanlan grunhiu em simpatia.

— Em apuros? — perguntou num sussurro.

— Dos piores.

— Caso de prisão?

— E muito mais.

— Caso de morte?

— Está cedo demais para falar dessas coisas — disse McMurdo como quem se surpreende falando mais do que pretendia. — Tenho meus motivos para ter deixado Chicago, e vamos ficar por aqui. Quem é você para sair perguntando esse tipo de coisa?

Os olhos cinza do rapaz brilharam com súbita e perigosa irritação por detrás das lentes.

— Tudo bem, meu chapa, não quis ofender. O pessoal não vai pensar mal de você, não importa o que aprontou. Para onde vai agora?

— Vermissa.

— Terceira parada. Onde vai ficar?

McMurdo pegou um envelope e ergueu perto da lamparina fosca.

— Eis o endereço: Jacob Shafter, Sheridan Street. É uma pensão que me recomendou um homem que conheço de Chicago.

— Hmmm, não conheço. Mas não sei nada de Vermissa. Moro em Hobson's Patch, que fica logo aqui adiante. Mas olha, vou lhe dar um conselho antes de descer: se arranjar problemas em Vermissa, vá direto à sede da união e fale com o chefe McGinty. Ele é o grão-mestre da loja de Vermissa, e nada acontece nestas bandas sem que Black Jack McGinty permita. Até mais, amigo! Talvez nos vejamos na loja algum dia desses. Não se esqueça: se arranjar problemas, vá ver o chefe McGinty.

Scanlan desceu e McMurdo ficou mais uma vez sozinho com seus pensamentos. Acabara de escurecer e as chamas das muitas fornalhas rugiam e lambiam a escuridão. Contra um pálido pano de fundo, sombras curvavam-se e flexionavam, daqui para lá, puxando manivela e molinete, num ritmo de tinir e troar eterno.

— Acho que o inferno deve ser similar — disse uma voz.

McMurdo virou-se e viu que um dos policiais tinha se ajeitado no banco e olhava para a paisagem flamejante.

— E digo mais — comentou o outro policial —: acho que o inferno deve ser exatamente assim. Se houver demônios lá embaixo piores do que uns que conhecemos por nome, é mais do que posso imaginar. Pelo visto é novo nestes lados, rapaz.

— E se eu for? — McMurdo respondeu num tom insolente.

— Calma lá, meu jovem. Só queria dizer que tome cuidado com os amigos que escolher. Só acho que eu não começaria com Mike Scanlan e a gangue dele se eu fosse você.

— Quem é você para me dizer quem deve ser meu amigo? — rugiu McMurdo num tom de voz que fez todos os passageiros do vagão virarem-se para testemunhar a altercação. — Por acaso eu pedi o seu conselho, ou você me achou tão incapaz que não me viraria sem? Fale apenas quando lhe falarem, e pelo senhor seria grande a espera se dependesse de mim! — acrescentou o rapaz, inclinado à frente, mostrando os dentes para os policiais feito um cão raivoso.

Os policiais, homens firmes e bondosos, viram-se aturdidos pela extraordinária veemência com que seus avanços amigáveis foram rejeitados.

— Não leve a mal, rapaz — disse um. — Foi só um conselho para o seu próprio bem, vendo que você, pelo visto, é novo no lugar.

— Sou novo no lugar, mas conheço muito bem você e a sua laia! — exclamou McMurdo, tomado de fúria. — Vocês são mesmo iguais em todo lugar, impondo seus conselhos quando ninguém os pediu.

— Pelo visto o veremos de novo e muito em breve — disse um dos patrulhas. — Esse é dos difíceis, se quer saber.

— Foi o que eu pensei — comentou o outro. — Pelo visto logo vamos nos reencontrar.

— Não tenho medo de vocês. Nem venham com essa! — exclamou McMurdo. — Meu nome é Jack McMurdo... certo? Se quiserem me achar, estarei com Jacob Shafter, na Sheridan Street, em Vermissa. Não quero me esconder de ninguém. Dia ou noite, eu ouso olhar bem nos olhos de gente como vocês. Podem ter certeza disso!

Os mineiros murmuraram, admirados com o comportamento destemido do recém-chegado. Os policiais deram de ombros e retomaram sua conversa particular.

Alguns minutos mais tarde, o trem entrou na estação mal iluminada, sendo mesmo assim banhado em luz, pois Vermissa era, de longe, a maior cidade da linha. McMurdo pegou sua sacola de couro e estava prestes a sair para a escuridão quando um dos mineiros o acostou.

— Puxa vida, rapaz! Você soube como lidar com os tiras — disse ele, muito admirado. — Foi um belo discurso. Deixe-me ajudá-lo com a sacola; mostro-lhe a estrada. Vou passar por Shafter a caminho da minha casa.

Ouviram despedidas em coro dos outros mineiros quando deixaram a plataforma. Antes mesmo de ter botado os pés lá, McMurdo, o esquentado, já estava famoso em Vermissa.

O campo fora um verdadeiro terror; a cidade, à sua maneira, era ainda mais deprimente. Ao longo do vale havia certa grandiosidade soturna em meio às grandes fornalhas e nuvens de fumaça, e a força e a habilidade do homem compunham monumentos adequados nos morros por ele empilhados nas laterais de suas monstruosas escavações. Já a cidade ostentava uma morbidez de pura feiura e miséria. A rua principal fora batida pelo tráfego numa pasta horrenda de neve lamacenta. Os passeios eram estreitos e irregulares. As numerosas lamparinas a gás serviam apenas para mostrar com mais clareza uma longa fileira de casas de madeira, cada uma com sua varanda de frente para a rua, largada e suja.

Conforme se aproximaram do centro da cidade, o cenário foi abrilhantado por uma fileira de lojas bem iluminadas, e mais ainda por uma porção de salões e casas de jogatina, nas quais os mineiros gastavam seu ordenado sofrido, porém generoso.

— Ali fica a sede da união — disse o guia, apontando para um salão tão imponente que chegava quase a ser digno de hotel. — Jack McGinty é o chefe ali.

— Que tipo de homem é ele? — perguntou McMurdo.

— Ora! Nunca ouviu falar do chefe?

— Como poderia ter ouvido falar dele se sabe que sou novo aqui na região?

— Ora, achei que o nome dele fosse conhecido por todo o país. Sempre sai nos jornais.

— Por quê?

— Bom — o mineiro baixou a voz —, por causa dos negócios.

— Que negócios?

— Pelo Senhor, rapaz! Como é esquisito, se me permite dizer. Só há um tipo de negócios de que ouvirá falar por estas bandas, e são os negócios dos Vingadores.

— Olha, acho que ouvi falar dos Vingadores em Chicago. Uma gangue de assassinos, certo?

— Fale baixo, pelo Senhor! — exclamou o mineiro, que parara onde estava, alarmado, e ficara olhando atônito para o companheiro. — Rapaz, você não vai viver por muito tempo nestas bandas se falar alto assim na rua. Muitos homens são espancados até a morte por muito menos.

— Bom, não sei nada deles. Só o que li.

— E não estou dizendo que o que leu não é verdade. — O homem olhou nervoso ao redor quando falou, reparando nas sombras, como se receasse ver alguém à espreita. — Se matar é crime, então só Deus sabe como tem crime de sobra. Mas não ouse associar o nome de Jack McGinty com nada disso, rapaz, pois cada sussurro acaba voltando para ele, e ele não é do tipo que deixa passar. Bom, aquela é a casa que você procura, aquela ali afastada da rua. Você vai ver que Jacob Shafter, que toca o lugar, é tão honesto quanto todos aqui.

— Obrigado — disse McMurdo e, após dar as mãos ao seu novo amigo, partiu, com a sacola na mão, pelo caminho que dava na casa, em cuja porta ele bateu com vigor.

Quem abriu a porta foi alguém muito diferente do que ele esperava. Foi uma mulher, jovem e de beleza especial. Tinha jeito de alemã, cabelos loiros e finos, com o contraste picante de um par de belos olhos escuros com os quais ela analisou o estranho com surpresa e um embaraço amável que trouxe uma onda de cor a seu rosto pálido. Envolta pela luminosidade do interior da casa, pareceu a McMurdo não ter visto nunca na vida imagem mais bonita, ainda mais bela pelo contraste que fazia com tão sórdidos e sombrios arredores. Uma violeta solitária brotando num daqueles morros das minas não teria sido tão surpreendente. De tão hipnotizado, o rapaz ficou ali calado, e coube a ela quebrar o silêncio.

— Achei que fosse o pai — disse ela com um agradável toque de sotaque alemão. — Você veio vê-lo? Ele está na cidade. Deve voltar a qualquer momento.

McMurdo continuou a encará-la com admiração explícita, até que a moça baixou os olhos, confusa, com a postura impositiva do visitante.

— Não, senhorita — disse ele, finalmente —, não tenho pressa em vê-lo. Mas me recomendaram a sua casa para alugar um quarto. Achei que seria boa escolha... e agora tenho certeza.

— Você se decide rápido — disse ela, sorrindo.

— Só um cego para não se decidir — ele respondeu.

A moça riu para o elogio.

— Entre, senhor — disse. — Meu nome é Ettie Shafter, filha do Sr. Shafter. Minha mãe é falecida, então eu toco a casa. Pode sentar-se perto do fogão, na sala de estar, enquanto meu pai não chega. Ah, lá vem ele! Pode resolver tudo com ele agora mesmo.

Um senhor robusto veio pisando firme pela trilha. Em poucas palavras, McMurdo explicou sua situação. Um homem chamado Murphy lhe dera esse endereço em Chicago. Ele o recebera de outra pessoa. O velho Shafter estava pronto. O estranho não fez menção de seus termos, concordou de imediato com todas as condições e, aparentemente, não lhe faltava o dinheiro. Por sete dólares por semana, pagos antecipadamente, ele teria cama e comida.

Foi assim que McMurdo, um fugitivo confesso da justiça, conseguiu abrigo sob o teto dos Shafters, o primeiro passo a levar para tão longo e obscuro curso de eventos que culminou numa terra muito distante.

2

O grão-mestre

McMurdo não demorava a deixar sua marca. Onde quer que estivesse, o povo já ficava sabendo. Em questão de uma semana já tinha se tornado a pessoa mais relevante da pensão de Shafter. Havia dez ou doze pensionistas, mas eram capatazes honestos ou balconistas comuns das lojas, todos de um calibre muito diferente daquele do jovem irlandês. Quando se encontravam à noite, a piada dele era a mais esperta, a conversa era a mais interessante, a canção era a melhor. Era um bom companheiro nato; tinha um magnetismo que suscitava bom humor em todos ao redor.

Entretanto, o rapaz demonstrava sempre, como fizera no trem, a capacidade de ficar súbita e violentamente irritado, o que incitava o respeito e até mesmo o medo de todos que o conheciam. Pela lei, e por todos a ela conectados também, McMurdo exibia um desprezo amargo que agradava a alguns e alarmava outros dentre os pensionistas.

Desde o início ele deixara claro, com sua admiração explícita, que a filha do dono da casa ganhara seu coração no instante em que ele pusera olhos em sua beleza e graça. E não era dos pretendentes mais pacientes. No segundo dia, disse-lhe que a amava, e daí por diante repetia a mesma história com desdém completo quanto ao que ela poderia dizer e desencorajá-lo.

— Outro? — exclamava ele. — Ora, boa sorte para esse outro! Ele que se cuide! E eu vou perder a chance da minha vida e tudo o que mais desejo por causa de outro? Pode continuar dizendo não, Ettie. Vai chegar o dia em que você dirá sim, e ainda tenho muito tempo pela frente.

Era um pretendente agressivo, com seu mordaz linguajar irlandês e os modos incitantes. Havia nele também o glamour da experiência e do mistério que suscitam o interesse de uma mulher e, finalmente, o seu amor. Ele falava dos lindos vales do condado de Monaghan, de onde viera, da ilha bela e distante, os morros baixos e campinas verdejantes que pareciam ainda mais bonitos quando a imaginação os via desse lugar coberto de lama e neve.

Sabia tudo também da vida nas cidades do norte, de Detroit, e dos campos de lenhadores de Michigan e, finalmente, de Chicago, onde trabalhara numa madeireira. E, depois, notava-se um quê de romance, a sensação de que fatos empolgantes lhe ocorreram na cidade grande, tão inusitados e tão íntimos que nem podiam ser mencionados. Ele falava animado de uma partida repentina, do rompimento de laços antigos, a fuga para um novo mundo, de ter ido parar naquele vale melancólico, e Ettie ouvia tudo, com os olhos negros brilhando de pena e compaixão — duas qualidades que podem tão fácil e naturalmente transformar-se em amor.

McMurdo era instruído, por isso arranjara emprego temporário como guarda-livros. Isso o mantinha ocupado o dia todo; ainda não tinha arrumado tempo para ter com o chefe da loja da Antiga Ordem dos Homens Livres. Uma visita de Mike Scanlan, o companheiro de loja que ele conhecera no trem, no entanto, lembrara-o da omissão. Scanlan, o baixinho ansioso dos olhos escuros, parecia feliz de vê-lo de novo. Depois de uns tragos de uísque, ele abordou o motivo da visita.

— Então, McMurdo — disse ele —, eu me lembrava do seu endereço, então resolvi aparecer. Fiquei surpreso por você não ter ido ver o grão-mestre. Por que ainda não falou com o chefe McGinty?

— Ah, eu tinha que arranjar emprego. Andei ocupado.

— Mas é preciso arranjar tempo para ele mesmo que não tenha tempo para mais nada. Meu Senhor! Foi tolice sua não ter ido à união registrar seu nome na manhã seguinte à sua chegada! Se ficar mal com ele... olha, é melhor não!

McMurdo demonstrou certa surpresa.

— Já sou membro da união faz dois anos, Scanlan, mas não sabia que havia toda essa urgência.

— Em Chicago talvez não.

— Ora, mas é a mesma sociedade aqui.

— Ah é?

Scanlan ficou encarando o rapaz fixamente. Havia algo de sinistro em seu olhar.

— Não é?

— Diga-me você daqui um mês. Ouvi falar da sua conversa com o patrulha depois que eu saí do trem.

— Como ficou sabendo?

— Ah, já circulou... As coisas circulam neste distrito, as boas e as más.

— Bom, foi isso. Eu disse aos sujeitos o que acho deles.

— Puxa vida, você vai cair nas graças de McGinty!

— Por quê? Ele também odeia a polícia?

Scanlan caiu na gargalhada.

— Vá conhecê-lo, rapaz — disse o homem, levantando-se. — Ele vai odiar você, e não a polícia, se você não for! Conselho de amigo: vá o quanto antes.

Acabou que na mesma tarde McMurdo teve outra conversa que o urgiu a seguir mesmo esse caminho. Talvez fosse a atenção que relegava a Ettie que se tornara mais evidente, ou que haviam gradualmente se insinuado na mente vagarosa do hospedeiro alemão. Enfim, fosse lá o motivo, o dono da pensão convidou o rapaz para sua sala e entrou no assunto sem rodeio algum.

— Estou percebendo, rapaz — disse ele —, que você está de olho na minha Ettie. Está mesmo, ou estou enganado?

— Sim, eu estou — respondeu o rapaz.

— Bom, tenho que dizer que não adianta mais. Outro passou na sua frente.

— Ela me disse.

— E disse a verdade. Mas ela disse quem é?

— Não. Eu perguntei, mas ela não disse.

— Imagino que não tenha dito, a danadinha! Vai ver não quis assustar você.

— Assustar!

McMurdo queimou o pavio num segundo.

— Sim, meu amigo! Não precisa ficar envergonhado por ter medo dele. Trata-se de Teddy Baldwin.

— E quem é esse?

— É chefe dos Vingadores.

— Vingadores! Já ouvi falar deles. Vingadores daqui, Vingadores de lá, todo mundo cochichando. Por que todo mundo tem medo? Quem são esses Vingadores?

O dono da pensão baixou a voz quase sem perceber, como todos faziam quando falavam dessa terrível sociedade.

— Os Vingadores — disse ele — são a Antiga Ordem dos Homens Livres!

O rapaz ficou pasmo.

— Ora, eu sou membro dessa ordem.

— Você! Eu jamais o teria aceitado na minha casa se soubesse. Nem que me pagasse cem dólares por semana.

— Qual é o problema com a ordem? Eles se dedicam à caridade e à harmonia. As regras o dizem.

— Em alguns lugares, talvez. Aqui, não!

— O que fazem aqui?

— É uma sociedade de assassinos, isso sim.

McMurdo riu, incrédulo.

— E você tem como provar isso? — perguntou.

— Provar! E cinquenta assassinatos não valem? Milman e Van Shorst, e a família Nicholson, e o velho Sr. Hyam, e Billy James, e os outros. Provar! Não tem homem nem mulher neste vale que não sabe disso.

— Pois bem — disse McMurdo, gravemente. — Gostaria que retirasse o que disse. Ou que pense melhor. Uma coisa ou outra, por favor, antes que eu me vá. Coloque-se no meu lugar. Aqui estou eu, um estranho na cidade. Pertenço a uma sociedade que, até onde eu sei, não tem nada de mal. Vai encontrá-la em todo canto do país, e nunca tem nada de mal. E justo agora quando penso em visitá-la, você me diz que é uma sociedade de criminosos chamados Vingadores. Receio que o senhor me deva um pedido de desculpas ou uma explicação, Sr. Shafter.

— Só posso dizer-lhe o que o resto do mundo sabe, meu jovem. Os chefes de uma são os chefes da outra. Se ofender um, será o outro que o vingará. Tivemos provas suficientes.

— Isso é pura fofoca... Só acredito com provas! — disse McMurdo.

— Se viver por aqui por um bom tempo, logo terá prova. Mas me ocorre que você é um deles. Logo será tão mau quanto os demais. Sei que encontrará outro local para se hospedar. Não posso tê-lo aqui. Já não me basta que um desses veio cortejar a minha filha e eu não ouso refreá-lo, e tenho outro como hóspede? Está decidido: a partir de amanhã, você não fica mais aqui.

McMurdo viu-se banido tanto de seu quartinho confortável quanto da garota que amava. Na mesma noite, encontrou-a sozinha na sala de estar e deitou-lhe os problemas no ouvido.

— Bem, seu pai acaba de me despejar — disse ele. — Eu quase não me importaria se fosse apenas o quarto, mas é verdade, Ettie, mesmo fazendo só uma semana que nos conhecemos, você é o ar que eu respiro, e não posso viver sem você!

— Shh, Sr. McMurdo, não diga isso! — disse a menina. — Eu já disse que você chegou tarde demais. Há outro rapaz. E se não prometi casar-me com ele logo de cara, não posso prometer a mais ninguém.

— E se eu tivesse sido o primeiro, Ettie, teria tido chance?

A garota escondeu o rosto nas mãos.

— Como eu queria que você tivesse sido o primeiro! — e caiu no choro.

McMurdo ajoelhou-se perante a menina num segundo.

— Pelo amor de Deus, Ettie, que seja, então! — exclamou. — Vai arruinar a sua vida e a minha por causa dessa promessa? Siga o coração, querida! "É um guia muito melhor do que qualquer promessa, antes mesmo de saber o que foi dito."

Ele tinha as mãos alvas da garota dentro de suas mãos fortes e morenas.

— Diga que será minha e vamos enfrentar tudo juntos!

— Mas aqui?

— Sim, aqui.

— Não, Jack! — Ele a tinha envolta aos braços, agora. — Aqui não tem como. E se você me levar daqui?

O rosto de McMurdo entregou o conflito dentro dele por um instante, mas se firmou numa resolução férrea.

— Não, aqui — disse ele. — Eu enfrento o mundo inteiro por você, Ettie, aqui mesmo onde estamos!

— Por que não podemos fugir juntos?

— Não posso sair daqui, Ettie.

— Mas por quê?

— Jamais tornarei a erguer a cabeça se sentir que fui corrido daqui. Além do mais, o que há para se temer? Não somos pessoas livres num país livre? Se você me ama e eu amo você, quem ousará nos impedir?

— Você não sabe como é, Jack. Está aqui faz muito pouco tempo. Não conhece esse Baldwin. Não conhece McGinty e seus Vingadores.

— Não, não conheço, mas não estou com medo. Não acredito em nada disso! — disse McMurdo. — Já vivi entre homens perigosos, meu amor, e em vez de ter medo deles, sempre eles que tiveram medo de mim. Sempre, Ettie. Se for pensar, é loucura. Se esses homens, como diz seu pai, cometeram crime atrás de crime no vale, e se todos os conhecem por nome, como é que nenhum foi levado à justiça? Como se explica isso, Ettie?

— Porque nenhuma testemunha ousa contrariá-los. Não viveria um mês se o fizesse. Também porque eles sempre têm alguém para jurar que o acusado estava longe da cena do crime. Mas claro, Jack, você já deve ter lido tudo isso. Pelo que sei, todos os jornais dos Estados Unidos davam essas notícias.

— Bom, li uma coisa ou outra, realmente, mas achei que fosse só história. Vai ver esse pessoal tem motivo para fazer o que faz. Talvez sejam maltratados e não tenham outro jeito de se ajudar.

— Oh, Jack, não fale desse jeito! É isso mesmo que ele diz... o outro.

— Baldwin... ele fala essas coisas, é?

— E é por isso que o odeio tanto. Oh, Jack, agora posso falar a verdade. Eu o odeio de todo o coração, mas tenho medo também. Tenho medo dele por mim, mas acima de tudo pelo meu pai. Só sei que uma grande tragédia recairia sobre nós se eu ousasse falar a verdade. Foi por isso que o recusei com meias promessas. Era a nossa única chance. Mas se você aceitar fugir comigo, Jack, podemos levar meu pai conosco e viver para sempre longe do poder desses homens cruéis.

Mais uma vez o conflito ficou evidente no rosto de McMurdo, e mais uma vez ele o manteve férreo.

— Nada de ruim vai lhe acontecer, Ettie... nem ao seu pai. Quanto a esses homens cruéis, você logo verá que eu sou tão terrível quanto o pior deles.

— Não, Jack! Eu já acredito em você.

McMurdo riu um riso amargo.

— Meu Senhor! Como me conhece pouco! Sua alma inocente, minha querida, mal pode imaginar o que se passa dentro da minha. Está esperando visita?

A porta tinha se aberto subitamente, e um rapaz entrou com ares de dono da casa. Era um jovem bonito e impetuoso, de idade e estrutura similar à de McMurdo. Debaixo do chapéu preto de feltro, que ele não se importara em tirar, um belo rosto com olhos penetrantes e nariz curvo. Ele parou e ficou olhando feio para o casal sentado perto do fogão.

Ettie ficara de pé num pulo, toda confusa e alarmada.

— Que bom ver você, Sr. Baldwin — disse. — Chegou mais cedo do que eu esperava. Venha sentar-se.

Baldwin ficou onde estava, mãos na cintura, encarando McMurdo.

— Quem é esse? — perguntou, curto e grosso.

— É um amigo meu, Sr. Baldwin, pensionista novo. Sr. McMurdo, este é o Sr. Baldwin.

Os rapazes se cumprimentaram com rispidez.

— Creio que a Srta. Ettie já lhe contou sobre nós dois? — disse Baldwin.

— Até onde entendi, não vejo relação nenhuma entre vocês.

— Ah, não? Bom, pois pode começar a ver. Fique sabendo que essa moça está comigo, e está fazendo uma noite muito boa para você dar um passeio.

— Obrigado, mas não estou com vontade de passear.

— Não, é? — Os olhos selvagens do rapaz flamejavam de raiva. — Talvez esteja mais a fim de uma briga, Sr. Pensionista?

— Disso, eu estou — exclamou McMurdo, levantando-se. — Não tinha melhor palavra para este momento.

— Pelo amor de Deus, Jack! Pelo amor de Deus! — exclamou a pobre Ettie. — Jack, ele vai te machucar!

— Ah, o nome dele é Jack? — disse Baldwin, de cara fechada. — Já estão íntimos assim?

— Ora, Ted, seja razoável... pare com isso. Por mim, Jack, se algum dia me amou, tenha coração. Deixe isto para lá.

— Acho que se você nos deixar a sós, Ettie, nós podemos resolver a situação — McMurdo disse baixinho. — Ou quem sabe, Sr. Baldwin, você não gostaria de dar uma volta na rua comigo. Está uma noite muito boa mesmo e tem bastante espaço na quadra seguinte.

— Eu acabo com você sem nem sujar as mãos — disse o oponente. — Vai desejar nunca ter entrado nesta casa depois que eu lhe der um trato.

— Quanto antes, melhor — exclamou McMurdo.

— Eu escolho quando, rapaz. Pode deixar isso comigo. Olhe aqui! — O rapaz puxou a manga da camisa e mostrou o antebraço, no qual havia um sinal peculiar aparentemente marcado ali a ferro e fogo. Era um círculo com um triângulo dentro. — Sabe o que significa?

— Não sei, nem quero saber.

— Bom, logo você saberá. Prometo. E não vai demorar. Talvez a Srta. Ettie possa falar-lhe algo sobre. Quanto a você, Ettie, você voltará para mim rastejando, está ouvindo? Rastejando. E então vou dizer qual será o seu castigo. Você plantou e, por Deus, eu vou fazê-la colher!

O rapaz encarou o casal por mais um instante, furioso. Depois deu meia-volta e saiu batendo a porta.

Por alguns momentos, McMurdo e a garota ficaram em silêncio. Então ela o envolveu nos braços.

— Oh, Jack, como você foi corajoso! Mas não adianta, você tem que fugir! Hoje, Jack, hoje! É sua única chance. Ele vai te matar. Eu vi isso nos olhos dele. Que chance tem você contra uma dúzia deles, com o chefe McGinty e toda a força da loja?

McMurdo soltou-se dos braços dela, beijou-a e a levou suavemente para a cadeira.

— Calma, querida. Não se preocupe comigo. Também faço parte da ordem. Acabei de dizê-lo também ao seu pai. Talvez eu não seja nem um pouco melhor do que eles; não pense que sou um santo. Talvez me odeie também, agora que falei tanta coisa.

— Odiá-lo, Jack? Nunca poderei, em toda a minha vida. Ouvi dizer que não há problema algum em fazer parte da ordem em qualquer lugar, exceto aqui. Então jamais pensaria mal de você por isso. Mas se você pertence à ordem, Jack, por que não vai fazer amizade com o chefe McGinty? Rápido, Jack! Fale com ele antes que os cães venham atrás de você.

— Eu estava pensando nisso mesmo — disse McMurdo. — Vou agora mesmo consertar tudo. Pode dizer ao seu pai que dormirei por aqui esta noite e encontro outro alojamento amanhã de manhã.

O bar do salão de McGinty estava apinhado, como de costume, pois era o lugar favorito para vagabundear dos sujeitos mais durões da cidade. O homem era popular, pois tinha a seu redor toda uma disposição jovial que se formava como uma proteção, algo que cobria tudo o que se encontrava ali subjacente. Exceto tal popularidade, o medo que todos tinham dele na cidade e num raio de quase meio quilômetro no vale, além das montanhas, para todo lado, bastava para preencher o bar, pois ninguém podia dar-se o luxo de não cair nas graças dele.

Apesar desse poder secreto que se cria universalmente ser por ele exercido de modo tão infeliz, ele era uma figura pública, conselheiro municipal e comissário de rodovia, eleito ao cargo pelos votos dos rufiões, que esperavam receber, em troca, favores do homem. As taxas e os impostos eram exorbitantes; as necessidades públicas, em geral, ostensivamente negligenciadas; a fiscalização era ofuscada por auditores subornados e os cidadãos decentes eram chantageados às claras, forçados a ficarem de bico calado para que nada de pior lhes acontecesse.

Sendo assim, ano após ano, McGinty usava cada vez mais joias, mais correntes de ouro em torno de veste ainda mais requintada, e seu salão se estendia tanto que ameaçava absorver toda a lateral do mercado.

McMurdo abriu as portas de vaivém do salão e abriu caminho entre o bando de homens, adentrando uma atmosfera carregada de fumaça de tabaco e o cheiro forte de bebida. O lugar era muito bem iluminado e os imensos espelhos nas paredes refletiam e amplificavam a iluminação cafona. Havia diversos balconistas de mangas de camisa, trabalhando sem parar na preparação de bebidas para os clientes, que ocupavam todo o amplo balcão adornado de cobre.

Na outra ponta, apoiado no bar com um charuto brotando num ângulo agudo do canto da boca, estava um homem alto, forte e robusto, que não podia ser outro além do famigerado McGinty. Era um moreno gigantesco, de barba cheia, com uma cabeleira negra que caía nos ombros. Tinha a pele escura dos italianos e os olhos de um negro fosco que, combinado com o olhar oblíquo, conferia-lhes aparência especialmente sinistra.

Tudo mais no homem — as proporções nobres, os traços finos e a atitude franca — servia ao propósito da postura jovial e sincera que ele simulava. Eis um homem honesto, embora brusco, diriam alguns, cujo coração acolheria até mesmo as palavras mais rudes a ele dirigidas. Somente quando aqueles olhos escuros e mortais, de uma profundidade implacável, miravam um homem, este se retraía internamente, sentindo que estava cara a cara com uma possibilidade infinita de mal latente, munida de força, coragem e astúcia, que a tornavam mil vezes mais letal.

Tendo estudado bem o homem, McMurdo abriu caminho com sua audácia desregrada de sempre e infiltrou-se no pequeno grupo de bajuladores que ali adulavam seu poderoso chefe, rindo escandalosamente das mais curtas de suas piadas. Os afiados olhos acinzentados do rapaz devolveram ferozmente, por detrás das lentes, o disparo dos olhos escuros mortais que os miraram subitamente.

— Olá, rapaz. Não me lembro de tê-lo visto.

— Sou novo aqui, Sr. McGinty.

— Não é tão novo assim para dirigir-se a um cavalheiro por seu sobrenome.

— É conselheiro McGinty para você, moleque — disse um dos homens do grupo.

— Perdão, conselheiro. Não estou acostumado aos hábitos do lugar. Mas me recomendaram vir vê-lo.

— Bom, eis-me aqui. E isso é tudo. O que achou?

— Acabei de chegar. Se seu coração for tão grande quanto seu corpo, e sua alma tão bela quanto o rosto, não poderia ser melhor — disse McMurdo.

— Vejam só! O rapaz tem a soberba de um irlandês! — exclamou o dono do salão, na dúvida quanto a brincar com a audácia do visitante ou lhe esmagar a dignidade.

— Então aprova a minha aparência?

— Claro — disse McMurdo.

— E recomendaram-lhe ter comigo?

— Sim.

— E quem foi?

— O irmão Scanlan, da loja 341, em Vermissa. Um brinde a você, conselheiro. Que possamos ser amigos.

McMurdo ergueu um copo e levou-o aos lábios, erguendo o dedinho ao beber. McGinty, que o observava com bastante atenção, ergueu suas sobrancelhas grossas.

— Ah, então é assim? — disse. — Terei que pensar um pouco mais nisso, senhor...

— McMurdo.

— Um pouco mais, Sr. McMurdo, pois não confiamos facilmente nestas bandas, nem acreditamos em tudo que nos dizem. Venha aqui um instante, atrás do bar.

Havia uma salinha ali, ladeada de barris. McGinty fechou gentilmente a porta e sentou-se num deles, mordiscando o charuto, sempre de olho no outro com seu olhar inquietante. Por alguns minutos ficou em total silêncio. McMurdo aceitou de bom grado a inspeção, com uma mão no bolso do casaco e a outra brincando com o bigode. Subitamente, McGinty inclinou-se e mostrou um revólver.

— Olhe aqui, brincalhão — disse ele —, se eu achasse que estava de brincadeira conosco, você não duraria um segundo.

— Que maneira mais estranha — McMurdo respondeu, com certa dignidade — de um grão-mestre de uma loja dos Homens Livres receber um irmão novo.

— Ah, mas é isso mesmo que você tem que provar — disse McGinty. — E que Deus o ajude se fracassar! Onde foi iniciado?

— Loja 29, Chicago.

— Quando?

— 24 de junho de 1872.

— Qual grão-mestre?

— James H. Scott.

— Quem é dirigente do distrito?

— Bartholomew Wilson.

— Hmmm! Parece bem acostumado às respostas. O que veio fazer aqui?

— Trabalhar, o mesmo que vocês... mas num emprego inferior.

— Você tem a resposta sempre na ponta da língua.

— Sim, sempre fui de pensar rápido.

— Sabe agir rápido também?

— Já tive essa fama entre os que me conhecem bem.

— Bom, antes que imagine podemos testá-lo. Já ouviu alguma coisa sobre a loja destas bandas?

— Ouvi dizer que é preciso ser muito homem para fazer parte.

— Pode acreditar, Sr. McMurdo. Por que deixou Chicago?

— Isso eu não falo de jeito nenhum!

McGinty escancarou os olhos. Não estava acostumado a que lhe respondessem com esses modos e ficou admirado.

— Por que não pode falar?

— Porque irmão nenhum pode mentir a outro.

— O fato é tão ruim assim que não se pode contar?

— Pode-se dizer que sim.

— Olhe aqui, rapaz, não se pode esperar que eu, enquanto grão-mestre, deixe entrar na loja um homem que não responde por seu passado.

McMurdo pareceu confuso e tirou do bolso um recorte de jornal.

— Você não trairia um irmão, certo? — disse.

— Vou dar na sua cara se ousar repetir isso para mim! — exclamou McGinty, enervado.

— Tem razão, conselheiro — disse McMurdo timidamente. — Peço desculpas. Falei sem pensar. Bem, sei que posso contar com você. Dê uma olhada no recorte.

McGinty passou os olhos sobre o relato de um tal Jonas Pinto, baleado no Lake Salon, na Market Street, em Chicago, na semana do Ano Novo de 1874.

— Obra sua? — perguntou, devolvendo o recorte.

McMurdo fez que sim.

— Por que atirou nele?

— Estava ajudando o Estado a fazer dinheiro. Talvez o meu não fosse tão bom quanto o dele, mas tinha a mesma aparência e era mais barato de fazer. Esse Pinto estava me ajudando a passar para frente...

— Ajudando a o quê?

— A colocar o dinheiro em circulação. Ele disse que ia dividir. Talvez tenha mesmo dividido. Não paguei para ver. Apenas matei o sujeito e segui para a zona do carvão.

— Por que a zona do carvão?

— Porque li nos jornais que o pessoal não era muito abelhudo nestas partes.

McGinty riu.

— Primeiro foi falsário, depois assassino, e agora veio para estas bandas por achar que seria bem aceito.

— Basicamente isso — McMurdo respondeu.

— Bom, pelo visto você vai longe. Diga lá, tem como fazer mais desses dólares?

McMurdo tirou uma dúzia do bolso.

— Isto aqui não chegou a passar pela Casa da Moeda — disse.

— Não me diga! — McGinty ergueu as notas contra a luz com suas mãos enormes, peludas feito as de um gorila. — Não vejo diferença. Ora, você será um irmão dos mais valiosos, com certeza! Precisamos de alguém como você entre nós, meu caro McMurdo, para os momentos em que temos que tomar providências. Seríamos sempre postos contra a parede se não soubéssemos pôr no lugar quem nos pressiona.

— Sei que posso contribuir para pôr gente no lugar, junto dos demais.

— Você parece mesmo ser um sujeito de fibra. Nem vacilou quando lhe meti a arma.

— Não era eu quem estava em perigo.

— E quem estava?

— Você, conselheiro. — McMurdo sacou uma pistola do bolso da jaqueta. — Você esteve na mira o tempo todo. Meu disparo teria sido tão rápido quanto o seu.

— Ora, ora! — McGinty ficou todo vermelho, mas logo caiu numa sonora gargalhada. — Faz tempo que não vemos um malandro do seu tipo por aqui. Aposto que a loja se orgulhará muito de você... Bem, e o que é que você quer? E não posso falar em particular com um cavalheiro por cinco minutos sem que você venha incomodar?

O balconista deteve-se, embaraçado.

— Desculpe, conselheiro. É Ted Baldwin. Ele insiste em vê-lo imediatamente.

Desnecessário dar o recado, pois o próprio estava com a cara fechada e virulenta, enfiando-se por cima do ombro do balconista. Ele tirou o rapaz do caminho e fechou a porta na cara dele.

— Então — disse ele olhando furioso para McMurdo —, você chegou primeiro. Tenho algo a dizer-lhe sobre esse homem, conselheiro.

— Pois diga agora, na minha cara — exclamou McMurdo.

— Eu digo quando quiser, do jeito que quiser.

— Calma lá! — disse McGinty, levantando-se do barril. — Vamos com calma. Temos um novo irmão aqui, Baldwin, e não devemos recebê-lo de modo tão rude. Cumprimentem-se e façam as pazes.

— Jamais! — exclamou Baldwin, furioso.

— Eu me ofereci para um confronto, se ele acha que eu o ofendi — disse McMurdo. — Enfrento-o com as mãos nuas, ou, se não ficar satisfeito, enfrento-o do jeito que preferir. Cabe a você, conselheiro, definir o nosso destino, como o faria um grão-mestre.

— Qual é o problema?

— Uma jovem. Ela é livre para escolher por si mesma.

— É mesmo? — exclamou Baldwin.

— Considerando que estamos entre irmãos de loja, eu diria que sim — disse o chefe.

— Ah, então essa é a sua decisão?

— Sim, Ted Baldwin — disse McGinty, com um olhar ameaçador. — Por acaso pretende discutir comigo?

— Prefere passar por cima de alguém que lhe prestou serviços por cinco anos em favor de um homem que nunca tinha visto na vida? Você não será grão-mestre para sempre, Jack McGinty, e por Deus! Quando vier a próxima votação...

O conselheiro avançou sobre o rapaz feito um tigre. Travando-lhe os dedos em volta do pescoço, lançou o rapaz para cima de um dos barris. Em sua fúria louca, ele teria esprimido o homem até a morte, não fosse a interferência de McMurdo.

— Calma, conselheiro! Pelo amor de Deus, vá com calma! — exclamou ele, arrastando-o para trás.

McGinty largou mão e Baldwin, assustado e resfolegante, tremendo-se todo, como quem acaba de encarar a morte de frente, sentou-se no barril para o qual acabara de ser arremessado.

— Você andou pedindo por isso, Ted Baldwin, e conseguiu! — exclamou McGinty, o peito forte arfando. — Talvez passe pela sua cabeça que, caso eu não fosse eleito grão-mestre, seria você a ocupar o meu posto. Cabe à loja decidi-lo. Porém, enquanto eu for o chefe, não tolero homem algum erguendo a voz a mim ou às minhas decisões.

— Não tenho nada contra você — murmurou Baldwin, sentindo a garganta.

— Ora, então — exclamou o outro, passando subitamente para uma jovialidade simulada —, somos todos bons amigos, e fim de papo.

Ele tirou uma garrafa de champanhe da estante e girou a rolha.

— Bom, agora — continuou ele, servindo três taças. — Vamos beber e brindar pela conciliação. Depois disso, como você bem sabe, não pode mais haver querela entre nós. E agora, com a mão esquerda no meu pomo de Adão. Eu lhe pergunto, Ted Baldwin, qual é a ofensa?

— As nuvens estão carregadas — respondeu Baldwin.

— Mas elas sempre se dissipam.

— E isso eu juro!

Os homens beberam de suas taças, e a mesma cerimônia foi realizada entre Baldwin e McMurdo.

— Pronto! — exclamou McGinty, esfregando as mãos. — Encerrada, portanto, a animosidade. Se o caso prosseguir, seguem os dois para o julgamento da loja, e digo que ela tem mão pesada nestas bandas, como bem sabe o irmão Baldwin... e você logo aprenderá, irmão McMurdo, se for atrás de confusão!

— Credo, não pretendo tão cedo — disse McMurdo. Ele estendeu a mão a Baldwin. — Sou rápido para a briga e rápido para o perdão. É porque tenho sangue quente de irlandês, dizem-me. Mas, por mim, está encerrado. Sem mágoas.

Baldwin teve que aceitar a mão que lhe ofereciam, pois tinha o olhar maligno do chefe pousado em si. Sua carranca, no entanto, mostrava o pouco efeito que lhe surtiram as palavras do outro.

McGinty deu tapinhas nos ombros dos dois.

— Ah, as mulheres! As mulheres! — exclamou. — E pensar que um par de pernas pode colocar dois dos meus rapazes para brigar. É coisa do diabo. Pois que a moça que causara a questão a resolva, pois isso está fora da jurisdição de um grão-mestre. E graças a Deus! Já tenho muito que fazer, sem contar com a mulherada. Você terá de afiliar-se à loja 341, irmão McMurdo. Temos nossos costumes e métodos, diferentes de Chicago. Sábado à noite nos reunimos e, se vier, nós o livraremos de vez do Vale de Vermissa.

3

Loja 341, Vermissa

No dia seguinte a uma noite que contivera tantos eventos empolgantes, McMurdo levou suas coisas da pensão do velho Jacob Shafter e alugou um quarto com a viúva MacNamara, na periferia da cidade. Scanlan, o amigo que fizera a bordo do trem, acabara se mudando pouco depois para Vermissa e os dois passaram a dividir o quarto. Não havia outro pensionista e a dona da pensão era uma irlandesa tranquila e os deixou à vontade, de modo que ficaram livres para tratar dos assuntos concernentes a homens que tinham segredos em comum.

Shafter não se incomodara em receber McMurdo para almoçar e jantar quando quisesse, e por isso o relacionamento dele com Ettie não foi rompido. Pelo contrário, foram ficando cada vez mais íntimos com o passar das semanas.

No quarto de sua nova habitação McMurdo sentiu-se à vontade para dispor os moldes que usava para falsificar dinheiro, e sob jura de confidencialidade, uma porção de irmãos da loja tivera a chance de ir vê-los, saindo cada um com um punhado de amostras, nos bolsos, do dinheiro falso, tão habilmente confeccionado que nunca havia a menor dificuldade ou perigo de distribuir. Por que, detendo tão maravilhosa arte, McMurdo optava por trabalhar era um mistério perpétuo para seus companheiros, embora ele deixasse claro para qualquer um que perguntasse que, se ele vivesse sem um ganha-pão ordinário, a polícia logo estaria no pé dele.

Um policial de fato foi atrás dele, mas o incidente, por uma questão de sorte, trouxe ao aventureiro mais bonança que prejuízo. Depois da noite em que se apresentara, raramente o rapaz não aparecia no salão de McGinty, onde ia estreitar laços com "os rapazes", modo jovial pelo qual os membros da perigosa gangue que infestava o local se referiam entre si. O comportamento arrojado e o falar intrépido fizeram do rapaz um favorito de todos, e tão hábil e rapidamente lidava com um rival numa rixa de bar que ganhou ainda mais o respeito daquela comunidade hostil. Outro incidente, no entanto, elevou ainda mais sua estima.

Certa noite, no auge do agito do bar, as portas foram abertas e entrou um homem com um uniforme azul-claro e o chapéu da polícia da mina. Tratava-se de um corpo montado pelos ferroviários e donos de minas para incrementar os esforços da polícia civil, que se encontravam praticamente incapacitados perante a bagunça organizada que aterrorizava o distrito. Todos se calaram quando ele entrou e muitos o fitaram com curiosidade, porém o relacionamento entre policiais e criminosos é bastante peculiar em algumas partes dos Estados Unidos, e o próprio McGinty, detrás do balcão, não demonstrou surpresa quando o policial juntou-se aos demais clientes.

— Uísque puro, pois a noite está difícil — disse o oficial. — Acho que nunca nos falamos, conselheiro.

— Você é o novo capitão? — disse McGinty.

— Isso mesmo. Queremos contar com você, conselheiro, e com as demais lideranças para nos ajudar a manter a lei e a ordem nesta cidade. Sou o capitão Marvin.

— Estamos melhor sem vocês, capitão Marvin — disse friamente McGinty —, pois temos nossa própria polícia da cidade e não precisamos de importados. Quem são vocês senão o braço dos capitalistas, contratados para judiar dos cidadãos mais simples?

— Ora, ora, não vim aqui para discutir — disse o policial de modo bem-humorado. — Espero que possamos, cada um de nós, cumprir com suas funções do modo que as concebemos, mas entendo que nem todos enxergam as coisas do mesmo modo. — O policial tinha terminado a bebida e seguia para a porta quando viu Jack McMurdo, de cara feia, logo atrás dele. — Olá! — exclamou, olhando o rapaz de alto a baixo. — Um velho conhecido!

McMurdo retraiu-se.

— Nunca fui seu amigo, nem de nenhum outro maldito tira — disse.

— Nem todo conhecido é um amigo — disse o capitão, sorrindo maliciosamente. — Você é Jack McMurdo, de Chicago, e não adianta negar!

McMurdo deu de ombros.

— Não estou negando — disse. — Acha que tenho vergonha do meu nome?

— Tem bons motivos para tanto.

— Que diabos isso quer dizer? — rugiu o rapaz, punhos cerrados.

— Não, Jack, essa atitude não funciona comigo. Servi em Chicago antes de vir parar nessa maldita zona carvoeira e reconheço um rufião de Chicago quando o vejo.

McMurdo ficou sem chão.

— Não me diga que você é o Marvin, da central de Chicago? — disse.

— O bom e velho Teddy Marvin, à sua disposição. Não nos esquecemos da morte de Jonas Pinto.

— Não o matei.

— Ah, não? Relato bastante imparcial, eu diria. Bom, a morte dele caiu como uma luva para você, veja que curioso! Ou você teria sido enquadrado por falsificação. Bom, deixemos essa história de lado. Cá entre nós, e talvez eu esteja fugindo um pouco ao meu dever ao dizer isso, não foi possível enquadrá-lo, e Chicago pode recebê-lo de braços abertos agora mesmo.

— Estou muito bem aqui.

— Bom, eu só lhe dei um conselho. É malcriação sua não me agradecer por isso.

— Hmmm, talvez seja mesmo boa intenção. Obrigado — disse McMurdo de um modo nada amável.

— Por mim está tudo bem se você andar na linha — disse o capitão. — Mas, por favor, basta um passo em

Loja 341, Vermissa

falso e nós vamos nos ver. Boa noite para você. Boa noite, conselheiro.

O policial deixou o bar, não sem antes criar um herói local. Os feitos de McMurdo em Chicago já eram assunto na cidade. Ele se esquivava de todas as perguntas com um sorriso, como quem não quer aceitar os louros da glória. Agora, porém, era fato confirmado. Os clientes do bar amontoaram-se em volta dele para cumprimentá-lo avidamente. Pouco depois, livrou-se do pessoal. Pôde beber à vontade sem que o incomodassem, mas, nessa noite, não fosse seu colega Scanlan levá-lo para casa, o festejado herói teria passado a noite largado debaixo do balcão.

Numa noite de sábado, McMurdo foi apresentado à loja. Ele esperava entrar sem cerimônia, tendo sido iniciado em Chicago, mas havia rituais particulares em Vermissa dos quais todos se orgulhavam, e todos os candidatos tinham que passar por eles. A assembleia reuniu-se numa sala ampla destinada a tais propósitos na sede da união. Uns sessenta membros reuniam-se em Vermissa, mas isso não representava a totalidade da organização, pois havia diversas outras lojas no vale e outras além das montanhas, que trocavam membros quando ocorria algum problema mais sério, para que o crime fosse cometido por homens estranhos à localidade. Ao todo, eram não menos de quinhentos homens espalhados pela zona carvoeira.

Numa sala de reuniões vazia, os homens se organizaram em torno de uma mesa comprida. Ao lado, havia uma segunda mesa, coberta de garrafas e copos, para os quais alguns membros da companhia já começavam a olhar. McGinty ocupava a ponta da mesa, com um chapéu de veludo preto sobre a cabeleira negra emaranhada e uma echarpe púrpura em volta do pescoço, lembrando mais um padre presidindo um ritual diabólico. Sentados à direita e à esquerda dele estavam os oficiais mais elevados da loja, entre eles o cruel e belo Ted Baldwin. Os dois usavam echarpe ou medalhão como emblema de sua posição.

Em geral, eram homens mais maduros, mas o restante da companhia consistia de rapazes dos 18 aos 25 anos, os agentes preparados e hábeis que executavam as ordens dos superiores. Entre os mais velhos havia muitos cujas feições revelavam as bárbaras e felinas almas por trás, mas quem visse as fileiras, teria dificuldade de acreditar que aqueles jovens de feições agradáveis e joviais eram, na verdade, uma perigosa gangue de assassinos cujas mentes sofreram tamanha perversão moral que eles se orgulhavam horrivelmente de sua proficiência no ramo e olhavam com o mais profundo respeito para o homem que detinha a reputação de executar o que chamavam de "um trabalho limpo".

Para suas naturezas destorcidas, tornara-se algo espiritual e cavalheiresco voluntariar-se para servir um homem que nunca lhes fizera mal e que, para muitos dos ali presentes, era alguém que nunca tinham visto na vida. Cometido o crime, disputavam para definir quem dera o golpe fatal e divertiam-se entre si e com os demais descrevendo o gritar e o contorcer-se da vítima.

Inicialmente, procuraram manter seus arranjos em segredo, mas na época desta narrativa, seus procedimentos eram extraordinariamente descobertos, pois os fracassos repetidos da lei lhes provaram, por um lado, que ninguém ousaria testemunhar contra eles e, por outro, que possuíam um número ilimitado de testemunhas leais que podiam convocar, e tesouro polpudo do qual retirar fundos para contratar os maiores talentos legais do estado. Em dez longos anos de atentados não houvera uma única condenação e o único perigo que ameaçava os Vingadores resumia-se à vítima em si — que, por maior que fosse a desvantagem e a surpresa do ataque, ocasionalmente deixava sua marca nos agressores.

McMurdo fora avisado de que tinha uma prova difícil pela frente, mas ninguém lhe dizia do que se tratava. Ele foi levado para uma antessala por dois irmãos muito solenes. Pela divisória de madeira, ele pôde ouvir o murmurar de muitas vozes na sala de reunião. Vez por outra pensava ter entendido seu nome, e soube então que discutiam sua candidatura. Logo entrou um guarda com faixa verde e dourada sobre o peito.

— O grão-mestre ordena que ele seja amarrado, vendado e trazido para dentro — disse.

Os três removeram o casaco dele, puxaram a manga do braço direito e finalmente passaram uma corda por cima dos cotovelos, que amarraram. Em seguida, puseram um gorro de tecido preto grosso na cabeça, cobrindo parte do rosto, para que ele não visse nada. McMurdo foi então levado à sala de reuniões.

Debaixo do gorro era tudo uma opressiva escuridão. Ele ouviu o agitar e murmurar de gente em volta, depois a voz de McGinty, abafada e distante por causa do tecido, que lhe cobria as orelhas.

— John McMurdo — disse a voz —, você já é membro da Antiga Ordem dos Homens Livres?

Ele fez que sim.

— Sua loja é a de número 29, em Chicago?

Ele fez mais uma vez.

— As noites mais escuras são desagradáveis — disse a voz.

— Sim, para um estranho viajar — ele respondeu.

— As nuvens estão carregadas.

— Sim, uma tempestade se aproxima.

— Os irmãos estão satisfeitos? — perguntou o grão-mestre.

Houve um murmurar geral de assentimento.

— Confirmamos, irmão, por sua senha e contrassenha, que você é, de fato, um de nós — disse McGinty. — Queremos que saiba, no entanto, que neste condado e em outros destas partes temos certos ritos, e também certos deveres que cabem a um bom homem. Está pronto para ser testado?

— Estou.

— Tem coração forte?

— Tenho.

— Dê um passo à frente para prová-lo.

Ditas as palavras, ele sentiu duas pontas na frente dos olhos, tão próximas que lhe pareceu que não poderia dar um passo sem correr o risco de perdê-los. Não obstante, juntou coragem e deu um passo resoluto adiante. Quando o fez, a pressão cessou. Os demais murmuraram baixinho o seu contentamento.

— Ele tem mesmo coração forte — disse a voz. — Você aguenta a dor?

— Tanto quanto qualquer outro — ele respondeu.

— Testem-no!

McMurdo fez de tudo para não gritar, pois sentiu uma dor agonizante no antebraço. O choque foi tamanho que ele quase desmaiou, mas mordeu o lábio, cerrou os punhos e escondeu a agonia.

— Aguento mais que isso — disse.

Dessa vez, aplaudiram alto. Nunca tinham visto iniciado como esse na loja. McMurdo levou tapinhas nas costas e removeram-lhe o gorro da cabeça. Ele ficou ali, atônito e sorridente, recebendo as congratulações dos irmãos.

— Uma última coisa, irmão McMurdo — disse McGinty. — Você já fez o juramento de segredo e fidelidade e está ciente de que a punição para qualquer violação é morte imediata e inevitável?

— Sim — disse McMurdo.

— E você aceita a norma do grão-mestre agora, sob quaisquer circunstâncias?

— Aceito.

— Então, em nome da loja 341 de Vermissa, seja bem-vindo aos privilégios e aos debates. Traga a bebida à mesa, irmão Scanlan, e celebremos nosso valoroso irmão.

O casaco de McMurdo fora trazido para ele, mas antes de vesti-lo o rapaz examinou o braço direito, que ainda ardia muito. Ali, na pele do antebraço, havia um círculo com um triângulo dentro, fundo e avermelhado, resultado da marcação a ferro. Um ou dois dos irmãos mais próximos ergueram as mangas para mostrar-lhe as próprias marcas.

— Todos nós fomos marcados — disse um —, mas não com tamanha bravura quanto a sua.

— Ora, não foi nada — disse ele, mas ardia e doía tanto quanto.

Quando a beberagem que seguia à cerimônia de iniciação foi concluída, procederam para os negócios da loja. McMurdo, acostumado somente com as atuações prosaicas de Chicago, ouviu a tudo com muita atenção e mais surpreso do que se aventurava a demonstrar.

— O primeiro assunto do dia — disse McGinty — é a leitura da carta do mestre de divisão Windle, da loja 249, do condado de Merton. Diz ele:

"Caro senhor. Há um trabalho a ser realizado com relação a Andrew Era, da Era & Sturmash, mineiros da região. Deve lembrar-se de que sua loja nos deve um retorno, tendo recebido o apoio de dois dos nossos na situação do patrulha, no outono passado. Vocês devem enviar dois homens de valor que serão incumbidos pelo tesoureiro Higgins, desta loja, cujo endereço vocês conhecem. Ele lhe mostrará quando e onde agir. Juntos na liberdade, J. W. WINDLE. M.A.O.F.".

— Windle nunca se recusou a ajudar quando precisamos pedir emprestado um ou dois homens e não seremos nós que o recusaremos. — McGinty fez uma pausa e olhou ao redor da sala, com seus olhos foscos e malignos. — Quem se voluntaria para o trabalho?

Diversos rapazes ergueram as mãos. O grão-mestre contemplou-os com um sorriso satisfeito.

— Serve você, Tigre Cormac. Se resolver tudo tão bem quanto da última vez, não há como errar. E você, Wilson.

— Não tenho pistola — disse o voluntário, um adolescente.

— É seu primeiro, certo? Bom, em algum momento terá que sangrar um pouco. Será um belo começo para você. Quanto à pistola, haverá uma à sua espera, se não me engano. Se se reportarem na segunda, haverá tempo suficiente. Serão muito bem recebidos quando retornarem.

— Alguma recompensa desta vez? — perguntou Cormac, rapaz robusto e moreno de aparência brutal, cuja ferocidade lhe rendera o apelido de "Tigre".

— Não pense na recompensa. Faça pela honra do serviço. Talvez, quando terminarem, restem uns dólares no fundo da caixa.

— O que fez o homem? — perguntou o jovem Wilson.

— Obviamente não cabe a vocês querer saber o que o homem fez. Ele foi julgado por lá. Não é da nossa conta. Tudo o que temos que fazer é executar o serviço por eles, como fariam por nós. Por falar nisso, dois irmãos da loja de Merton virão até nós na semana que vem para resolver uns assuntos nesta região.

— Quem são eles? — alguém perguntou.

— É melhor nem saber. Se não sabem de nada, não podem testemunhar, e ninguém arranja confusão. Mas são homens do tipo que faz o trabalho limpo quando entra em ação.

— Já era em tempo! — exclamou Ted Baldwin. — O pessoal por aqui anda perdendo a mão. Foi semana passada que três dos nossos homens foram afugentados por Foreman Blaker. Faz tempo que ele está nos devendo, e agora vai pagar.

— Pagar o quê? — McMurdo sussurrou para o rapaz ao lado.

— Vai levar um cartucho de escopeta na fuça! — exclamou o rapaz, rindo alto. — O que está achando do nosso estilo, irmão?

A alma criminosa de McMurdo já tinha assimilado o espírito da associação vil à qual se filiara.

— Aprecio muito — disse. — Não há lugar melhor para um rapaz corajoso.

Muitos dos que estavam mais perto ouviram o que ele disse e o aplaudiram.

— Que foi? — perguntou o grão-mestre, da ponta da mesa.

— É o nosso novo irmão, senhor, que está muito de acordo com os nossos métodos.

McMurdo levantou-se.

— Gostaria de dizer, eminente grão-mestre, que se for requisitado que alguém se apresente, seria uma honra para mim ser escolhido para atuar pela loja.

Uma salva de palmas o congratulou. Era como ver um novo sol nascer no horizonte. Para alguns dos mais velhos, o progresso lhes pareceu um pouco rápido demais.

— Eu sugiro — disse o secretário, Harraway, um homem grisalho com cara de abutre sentado ao lado do chefe — que o irmão McMurdo aguarde até que seja de agrado da loja empregá-lo.

— Claro, foi isso que eu quis dizer. Estou à disposição — disse McMurdo.

— Sua vez chegará, irmão — disse o chefe. — Nós já vimos que está muito disposto e acreditamos que fará um bom trabalho por estas bandas. Há um assunto menor a ser tratado hoje do qual você pode participar, se for do seu agrado.

— Prefiro esperar até que surja algo mais significativo.

— Pode vir hoje, mesmo assim, e terá a chance de ver o que defendemos nesta comunidade. Farei o anúncio mais tarde. Entrementes — ele olhou para a agenda —, tenho mais algumas questões a tratar nesta reunião. Primeiro, gostaria de saber do tesoureiro como vão nossas finanças. Temos a pensão da viúva de Jim Carnaway. Ele foi morto a serviço da loja e cabe a nós garantir que ela não passe necessidade.

— Jim foi baleado mês passado quando tentavam matar Chester Wilcox, de Marley Creek — informou a McMurdo o rapaz ao lado dele.

— Temos bons fundos no momento — disse o tesoureiro, com um livro nas mãos. — As firmas têm sido generosas ultimamente. Max Linder & Co. pagou quinhentos para ficar em paz. Walker Brothers mandaram cem, mas me incumbi de voltar lá e pedir quinhentos. Se não tiver resposta até quarta, talvez a máquina de extração deles apresente um probleminha. Tivemos que atear fogo no barrilete deles ano passado para que entrassem nos eixos. A Companhia Carvoeira West Section pagou sua contribuição anual. Temos o suficiente para cumprir com as nossas obrigações.

— E quanto a Archie Swindon? — perguntou um irmão.

— Ele vendeu tudo e deixou o distrito. O diabo deixou um recado dizendo que prefere ser varredor de rua em Nova York do que dono de mina sob o poder de um bando de chantagistas. Vejam só! Foi bom ele ter sumido antes de o recado chegar até nós. Creio que nunca mais dará as caras por aqui.

Um senhor de barba bem feita, rosto bondoso e testa proeminente levantou-se em seu lugar, na outra ponta da mesa, defronte o chefe.

— Sr. Tesoureiro — perguntou —, posso saber quem foi que comprou a propriedade desse homem que pusemos para correr do distrito?

— Sim, irmão Morris. Foi comprada pela State & Merton Companhia Ferroviária.

— E quem comprou as minas de Todman e Lee que entraram no mercado do mesmo jeito ano passado?

— A mesma empresa, irmão Morris.

— E quem comprou as metalúrgicas de Manon, de Shuman, Van Deher e Atwood, todas abandonadas ultimamente?

— Foram todas compradas pela Companhia de Mineração West Gilmerton.

— Não entendo, irmão Morris — disse o chefe —, qual pode ser a importância de sabermos quem as compra, visto que não podem sair com elas do distrito.

— Com todo o respeito, eminente grão-mestre, acho que é muito importante para nós. Esse processo vem se desenrolando por dez anos. Estamos gradualmente tirando todos os empresários menores do mercado. Qual será o resultado? Acabar tudo na mão de grandes companhias, como as de ferrovias e metalurgia, cuja diretoria reside em Nova York ou na Filadélfia e não dá a mínima para as nossas ameaças. Podemos tirá-las dos chefes locais, mas apenas para que outros sejam postos no lugar. Estamos criando uma situação perigosa para nós mesmos. Gente pequena não pode nos prejudicar. Não tem dinheiro nem poder. Contanto que não os espremêssemos demais, ficariam sob o nosso poder. Mas se essas empresas grandes descobrirem que estamos entre eles e o lucro, não pouparão recursos para nos caçar e levar a julgamento.

Um murmúrio baixinho percorreu a mesa em resposta a tão sinistras palavras e feições agora muito soturnas trocaram olhares receosos. De tão onipotentes e incontestados que eram, a mera ideia de que poderia haver retaliação lhes escapara da mente por completo. E, no entanto, a possibilidade fez gelar a espinha até do mais imprudente.

— Eu aconselho — continuou o homem — que tenhamos mais calma com gente pequena. No dia em que forem todos afugentados, esta sociedade terá perdido as forças.

Verdades indesejadas não são nada populares. Muitos exclamaram, irritados, enquanto o homem se sentava. McGinty levantou-se com expressão consternada.

— Irmão Morris — disse ele —, você sempre foi pessimista. Contanto que os membros desta loja permaneçam juntos, não há poder nos Estados Unidos que possa impedi-los. Já não passamos por muito disso nos tribunais? Eu creio que as empresas grandes acharão mais fácil pagar que lutar, o mesmo que as pequenas. E agora, irmãos — McGinty tirou o chapéu e a echarpe enquanto falava —, esta loja dá por encerrados os trabalhos desta noite, exceto por uma questão a ser mencionada quando estivermos para partir. Agora é a hora de brindarmos a harmonia entre irmãos.

Quão estranha é a natureza humana. Ali estavam aqueles homens para os quais matar era algo tão simples, que diversas vezes deram cabo de um chefe de família, em geral pessoas contra as quais não tinham nada, sem um único pensamento de consideração ou compaixão pela esposa aos prantos e os filhos abandonados e, no entanto, a ternura ou a comoção da música os levavam às lágrimas. McMurdo tinha uma bela voz de tenor. Caso ainda não tivesse ganhado o apreço dos membros da loja, este não mais lhe seria recusado depois de ele os ter emocionado com "I'm Sitting on the Stile, Mary" e "On the Banks of Allan Water".

Em sua primeira participação, o novo recruta se fizera um dos irmãos mais populares, já marcado para ser promovido e ocupar um cargo superior. Era preciso ter mais qualidades, no entanto, além da camaradagem, para ser um Homem Livre de valor, e de uma dessas ele recebeu um exemplo pouco antes de finda a noitada. A garrafa de uísque circulara diversas vezes e os homens estavam esquentados e prontos para a confusão quando seu grão-mestre levantou-se mais uma vez para lhes dirigir a palavra.

— Rapazes — disse ele —, há um homem nesta cidade que precisa aprender uma lição e cabe a vocês garantir que ele a receba. Estou falando de James Stanger, do Herald. Viram como ele abriu a boca contra nós mais uma vez?

Muitos murmuraram, aquiescendo, com um ou outro palavrão abafado. McGinty tirou um pedaço de papel do bolso do colete.

— "LEI E ORDEM!" — ele começou a ler. — "REINO DE TERROR NO DISTRITO DE CARVÃO E FERRO. Faz doze anos que os primeiros assassinatos provaram a existência de uma organização criminosa entre nós. Desde então, esses ultrajes jamais cessaram, e ao longo do tempo eles alcançaram um nível que faz de nós uma vergonha para o mundo civilizado. É para obter resultados como esses que nosso belo país aceita em seu seio o migrante que foge do despotismo europeu? Podem eles exercer sua tirania sobre os mesmos homens que lhes deram abrigo? Pode tal estado de terrorismo e ilegalidade estabelecer-se à sombra das ondulações da estrelada Bandeira da Liberdade, o qual suscitaria o maior assombro em nossas mentes caso lêssemos que existe sob a mais estéril monarquia do leste?

Sabemos quem eles são. Trata-se de organização patente e pública. Até quando vamos suportar? Podemos viver para sempre...". Bem, já li o suficiente desta porcaria! — exclamou o chefe, jogando o papel na mesa. — Eis o que ele fala de nós. O que quero saber de vocês é o que diremos a ele?

— Ele deve morrer! — berrou uma dúzia de vozes.

— Eu protesto contra isso — disse o irmão Morris, o homem do rosto bondoso e barba benfeita. — Irmãos, eu digo que a nossa mão força demais este vale, e chegará o momento em que, para defender-se, cada homem buscará unir-se para nos esmagar. James Stanger é um senhor de idade. É respeitado na cidade e no distrito. O jornal dele tem grande credibilidade no vale. Se esse homem for morto, haverá uma agitação neste condado que terminará com a nossa destruição.

— E como é que nos destruiriam, Sr. Calma-lá? — exclamou McGinty. — Com a polícia? Metade deles é paga por nós; a outra tem medo. Ou seria por meio de juízes e tribunais? Já não passamos por isso, e como terminou?

— Há um juiz chamado Lynch que pode querer lidar com o caso — disse o irmão Morris.

A sugestão foi recebida com uma gritaria generalizada.

— Basta que eu erga um dedo — exclamou McGinty — para colocar duzentos homens nesta cidade para limpá-la de um canto a outro. — Erguendo subitamente a voz e franzindo muito as sobrancelhas espessas, ele completou: — Olhe aqui, irmão Morris, estou de olho em você, e já faz um tempo. Você não tem coragem e tenta tirar a coragem dos demais. Você não vai gostar nem um pouco, irmão Morris, do dia em que seu nome aparecer na nossa agenda, e estou aqui pensando que talvez seja lá mesmo que eu o deva colocar.

Morris ficou pálido feito defunto e os joelhos pareceram não sustentar muito bem o peso do corpo quando ele se largou na cadeira. Antes de responder, ele ergueu a taça com a mão trêmula e deu um gole na bebida.

— Peço desculpas, eminente grão-mestre, a você e a todos os irmãos desta loja, se eu disse mais do que deveria. Sou um membro leal, todos sabem disso, e é meu receio de que o menor dos males alcance esta loja que me faz falar deste jeito, ansioso. Mas confio mais no seu julgamento que no meu, eminente grão-mestre, e prometo não mais lhe ofender.

A carranca do grão-mestre foi amenizando conforme ele ouvia tão humilde discurso.

— Muito bem, irmão Morris. Eu mesmo sentiria se precisasse ensinar-lhe uma lição. Porém, enquanto eu ocupar este lugar, nós seremos uma loja unida em palavra e em ação. E agora, rapazes — continuou ele, olhando para os demais —, escutem aqui: se esse Stanger tivesse tudo o que merece, nós teríamos mais problemas do que precisamos. Esses editores vivem andando juntos, e todo jornal do estado passaria a clamar por policiais e tropas. Mas creio que podem dar-lhe um alerta mais severo. Podemos contar com você, irmão Baldwin?

— Claro! — disse avidamente o rapaz.

— Quantos levará?

— Meia dúzia, mais dois para cuidar da entrada. Venham você, Gower, e você, Mansel, e você, Scanlan, e os dois Willabys.

— Eu prometi ao novo irmão que ele também irá — disse o chefe.

Ted Baldwin olhou para McMurdo com um olhar que mostrava que ele não tinha esquecido nem perdoado.

— Ah, ele pode vir se quiser — disse o rapaz, com rispidez. — Basta. Quanto antes começarmos, melhor.

O bando se separou com gritos e berros e arremates de embebedada cantoria. O bar continuava lotado de clientes e muitos dos irmãos permaneceram ali. O pequeno grupo que recebera a incumbência saiu para a rua, seguindo em duplas e trios ao longo da calçada para não chamar atenção. Fazia uma noite fria de amargar, com uma lua minguante brilhando num céu estrelado. Os homens pararam e se reuniram num jardim defronte um prédio alto. As palavras "Vermissa Herald" apareciam em letra dourada entre janelas muito iluminadas. Lá de dentro vazava o tinir da impressora.

— Ei, você — disse Baldwin a McMurdo —, você pode ficar na porta vendo se a barra está limpa para nós. Arthur Willaby pode ficar com você. Os outros vêm comigo. Não tenham medo, rapazes, temos uma dúzia de testemunhas de que estamos no bar da união agora mesmo.

Já era quase meia-noite e a rua estava deserta, exceto por um ou dois passantes a caminho de casa. O grupo atravessou a estrada. Após abrirem a porta do jornal, Baldwin e seus homens entraram e subiram às pressas a escadaria logo à frente. McMurdo e o outro ficaram na entrada. Da sala acima se ouviu um berro, um pedido de ajuda e o som de passos apressados e cadeiras caindo. Um segundo depois, um homem de cabelos grisalhos apareceu no corredor.

Ele foi tomado antes que pudesse fugir e seus óculos caíram e tilintaram até os pés de McMurdo. Um baque e um gemido depois, estava o homem deitado de bruços, e meia dúzia de bastões o acertavam. Ele se debatia, agitando os braços magros sob o golpear. Os outros cessaram, finalmente, mas Baldwin, com o rosto cruel afixado num sorriso demoníaco, açoitava a cabeça do homem, que tentava se defender com os braços, em vão. Os cabelos brancos já emaranhavam em manchas de sangue. Baldwin ainda estava debruçado em cima da vítima, aplicando golpes rápidos e intensos toda vez que via uma porção exposta, quando McMurdo subiu as escadas e o tirou dali.

— Assim você mata o homem — disse. — Pare!

Baldwin fitou-o, aturdido.

— Maldito! — berrou. — Quem é você para interferir? Você, que é novo na loja. Para trás!

Baldwin ergueu o bastão, mas McMurdo tinha sacado a arma do bolso.

— Para trás você! — exclamou. — Estouro a sua cara se bater que seja uma vez em mim. Quanto à loja, não foi ordem do grão-mestre que não matássemos o homem? E o que você está fazendo, senão o matando?

— É verdade o que ele diz — comentou um dos demais.

— Minha nossa, é melhor se apressarem! — exclamou o rapaz lá de baixo. — Estão acendendo as janelas todas; a cidade toda vai aparecer em cinco minutos.

Havia mesmo o ruído de gritos na rua, e um grupinho de tipógrafos e jornalistas juntava-se no salão abaixo, munindo-se de coragem para agir. Deixando o corpo mole e largado do editor no topo da escadaria, os criminosos desceram rapidamente e seguiram apressados pela rua. Tendo chegado ao bar da união, alguns deles misturaram-se à multidão no salão de McGinty e sussurraram, por cima do balcão, que o trabalho fora bem-sucedido. Outros, entres estes McMurdo, dividiram-se e pegaram ruas adjacentes, seguindo por caminhos diferentes até chegarem onde moravam.

4

O vale do medo

Quando McMurdo acordou, na manhã seguinte, ele tinha bons motivos para lembrar-se de sua iniciação na loja. A cabeça doía por efeito da bebedeira e o braço em que fora marcado estava quente e inchado. Tendo sua peculiar fonte pessoal de renda, sua frequência no trabalho não era das mais regulares, então ele tomou café da manhã mais tarde e passou a manhã em casa, escrevendo uma longa carta para um amigo. Depois, leu o *Daily Herald*. Numa coluna especial, acrescentada na última hora, lia-se: "VIOLÊNCIA NA REDAÇÃO DO HERALD — EDITOR FERIDO SERIAMENTE".

Tratava-se de breve relato dos fatos os quais ele conhecia muito melhor que poderia conhecer o redator. Terminava com a seguinte afirmação: "O assunto está agora nas mãos da polícia, mas mal se pode esperar que seu empenho obtenha melhores resultados que no passado. Alguns dos homens foram reconhecidos e há esperança de que ocorra a condenação. Os executores do ato, se é que é preciso dizer, foram membros da infame sociedade que vem mantendo esta comunidade sob grilhões por tão longo período e contra a qual o Herald assumiu posicionamento inflexível. Os muitos amigos do Sr. Stanger podem alegrar-se em saber que, embora tenha sido cruel e brutalmente espancado, e embora tenha sofrido ferimentos severos na cabeça, não há perigo imediato à sua vida".

Abaixo se informava que um oficial da polícia, armado com rifles, fora requisitado para fazer a guarda do editorial.

McMurdo baixara o jornal e acendia o cachimbo com uma mão trêmula devido aos excessos da noite anterior, quando bateram à porta. A dona da pensão lhe trouxe uma nota que acabara de receber de uma dama. Não vinha assinada. Dizia o seguinte: "Gostaria de falar com você, mas prefiro que não seja na sua casa. Pode encontrar-me ao lado do mastro em Miller Hill. Se puder ir agora, tenho algo importante que preciso dizer-lhe".

McMurdo leu duas vezes a mensagem com a maior das surpresas, pois não podia imaginar do que se tratava nem de quem era a autoria. Fosse uma letra de mulher, teria imaginado que seria o início de uma daquelas aventuras tão familiares em sua vida pregressa. Porém era uma letra de homem, e dos mais instruídos. Finalmente, após certa hesitação, ele resolveu pagar para ver.

Miller Hill era um parque malcuidado localizado no centro da cidade. No verão, era um dos pontos favoritos do povo, mas, no inverno, era uma desolação só. Do topo tinha-se a vista não somente de toda a espaçada e encardida cidade, mas do vale serpente além dela, com suas minas e indústrias espalhadas, escurecendo a neve de cada lado, e dos morros verdejantes e esbranquiçados que o ladeavam.

McMurdo seguiu por uma trilha curvilínea ladeada de sempre-vivas até que chegou ao restaurante deserto que era o ponto de encontro do verão. Ao lado havia um mastro sem bandeira, e junto deste, um homem de chapéu baixo no rosto e gola do casaco erguida. Quando ele virou o rosto, McMurdo viu que era o irmão Morris, o mesmo que instigara a raiva do grão-mestre na noite anterior. Mostraram o sinal da loja um ao outro ao encontrar-se.

— Queria ter uma palavrinha com você, Sr. McMurdo — disse o mais maduro, falando com uma hesitação que mostrava quão delicado seria o assunto. — Bondade sua aparecer.

— Por que não colocou seu nome na mensagem?

— É preciso ter cautela, rapaz. Nunca se sabe, em tempos como estes, como as coisas podem se voltar contra nós. Nunca se sabe também em quem confiar e em quem não confiar.

— Certamente, deve-se confiar nos irmãos de loja.

— Não, não. Nem sempre — exclamou Morris com veemência. — Tudo o que dizemos, até o que pensamos, parece ir parar nos ouvidos de McGinty.

— Veja bem — disse McMurdo, muito sério. — Não faz nem um dia, como você bem sabe, que jurei lealdade ao nosso grão-mestre. Não me venha pedir que eu quebre meu juramento.

— Se é assim que pensa — disse Morris, pesaroso —, só posso pedir desculpas por ter-lhe dado o trabalho de vir me encontrar. Vemos que tudo vai de mal a pior quando dois cidadãos livres não podem dizer o que pensam um ao outro.

McMurdo, que observava o companheiro com minúcia, relaxou um pouco sua atitude.

— Claro que falei apenas por mim mesmo — disse. — Acabo de chegar, você sabe, e não conheço nada direito. Não sou do tipo que abre o bico, Sr. Morris, e, se acha que vale a pena dizer-me alguma coisa, estou aqui para ouvir.

— E levar para o chefe McGinty! — disse Morris, com amargor.

— Ora, assim você me faz uma injustiça — exclamou McMurdo. — Sou fiel à loja, e digo isso sem pensar, mas seria uma criatura má se contasse a qualquer outro algo que você me dissesse em confidência. Não passará de mim. Devo avisar, contudo, que talvez você não obtenha compreensão nem ajuda.

— Já desisti de procurar um e outro — disse Morris. — Talvez esteja colocando a minha vida em suas mãos pelo que vou dizer, mas, por pior que seja, e me pareceu ontem que você está no caminho de tornar-se dos piores, no entanto, ainda é novo na coisa, e sua consciência não tem como estar tão endurecida quanto as deles. Foi por isso que pensei em falar com você.

— Bom, e o que tem a dizer?

— Maldito seja se me entregar!

— Já disse que não farei isso.

— Gostaria de saber se, quando se juntou à sociedade dos Homens Livres em Chicago e fez seu juramento de caridade e fidelidade, passou pela sua cabeça que no fim das contas ela o levaria ao crime.

— Se é que se pode chamar de crime — McMurdo respondeu.

— Chamar de crime! — exclamou Morris, a voz vibrando de paixão. — Você viu muita pouca coisa se consegue chamar de qualquer outro nome. Não achou que foi crime, ontem à noite, um homem com idade para ser seu pai ser espancado até vazar sangue da cabeça? Não foi crime? Ou você chama isso de outra coisa?

— Alguns diriam que se trata de guerra — disse McMurdo. — Uma guerra entre duas classes, e cada uma ataca do melhor jeito que pode.

— Bem, passou algo assim pela sua cabeça quando você se juntou à sociedade de Chicago?

— Não, devo dizer que não.

— Nem a mim quando me alistei na Filadélfia. Era apenas um clube de vantagens e um ponto de encontro de amigos. Depois ouvi falar deste lugar. Maldito seja o momento em que ouvi esse nome pela primeira vez! E vim para melhorar de vida. Meu Deus! Para melhorar de vida! Minha esposa e meus três filhos vieram comigo. Abri uma loja de tecido no mercado e prosperei bem. Logo se espalhou a notícia de que eu era da sociedade e fui forçado a me juntar à loja local, como você ontem à noite. Tenho a marca da vergonha no meu antebraço e algo pior marcado no meu coração. Flagrei-me sob as ordens de um verdadeiro vilão, enredado numa malha de crimes. O que podia fazer? Tudo o que eu dizia para abrandar as coisas era sentido como traição, como foi ontem. Não posso fugir, pois tudo que tenho está na minha loja. Se eu deixar a sociedade, tenho certeza de que serei morto, e só Deus sabe o que será da minha esposa e meus filhos. Ah, meu jovem, é terrível... terrível!

O homem levou as mãos ao rosto e seu corpo chacoalhou com soluços intensos. McMurdo deu de ombros.

— Você é mole demais para o trabalho — disse. — Não é do tipo certo para um emprego desses.

— Eu tinha uma consciência, tinha religião, mas me tornaram mais um criminoso entre eles. Fui escolhido para um trabalho. Se eu amarelasse, sabia muito bem o que me aconteceria. Posso até ser covarde. Talvez eu seja assim por pensar na minha mulher e nas crianças. Mas fui. Acho que serei assombrado para sempre. Era uma casa solitária, a uns trinta quilômetros daqui, além das montanhas. Mandaram que eu ficasse na porta, como com você ontem. Não confiaram que eu fosse capaz. Os outros entraram. Quando saíram, tinham as mãos sujas de vermelho até os punhos. Quando íamos andando, uma criança gritava lá dentro da casa, atrás de nós. Era um menino de cinco anos que acabara de ver o pai ser assassinado. Quase desmaiei de tão horrorizado e, no entanto, tive que manter o sorriso no rosto, pois bem sabia que, do contrário, seria da minha casa que sairiam com as mãos cobertas de sangue e seria o meu pequeno Fred a gritar pelo pai. Mas eu já era criminoso, então, tendo participado da morte, perdido para sempre neste mundo, perdido também para o seguinte. Sou católico, mas o padre não quis me dizer nada quando soube que eu era um dos Vingadores e fui excomungado de minha igreja. É assim que me encontro. E vejo você seguindo pelo mesmo caminho e pergunto-lhe aonde quer parar. Está pronto para tornar-se um assassino de sangue frio ou podemos fazer algo para impedir?

— O que poderia fazer? — McMurdo perguntou abruptamente. — Delatar?

— Deus me livre! — exclamou Morris. — Só de pensar nisso eu já seria um homem morto.

— Pois bem — disse McMurdo. — Acho que você é apenas um homem fraco e está fazendo tempestade em copo d'água.

— Tempestade! Espere até ter passado mais tempo aqui. Olhe para o vale! Repare na nuvem de centenas de chaminés que o cobre! Pois lhe digo que a nuvem da morte paira mais espessa e próxima do que essa sobre as cabeças das pessoas. Este é o Vale do Medo, o Vale da Morte. O terror habita os corações das pessoas do nascer ao pôr do sol. Deixe estar, rapazinho, que logo você verá.

— Quando tiver visto mais, ei de informá-lo — disse McMurdo casualmente. — O que me ficou muito claro é que você não serve para esse trabalho, e quanto mais cedo vender tudo... mesmo que não lhe paguem um centavo pelo negócio... melhor para você. O que disse será guardado comigo, mas minha nossa! Achei que você fosse delator...

— Não, não! — exclamou Morris, pesaroso.

— Bem, deixemos como está. Guardarei na mente o que você disse e quem sabe algum dia eu volte a considerar. Espero que tenha sido boa mesmo a sua intenção ao me falar dessas coisas. Agora devo ir para casa.

— Mais uma coisa, antes que se vá — disse Morris. — Talvez tenham nos visto juntos. Pode ser que queiram saber do que falávamos.

— Ah, bem pensado!

— Eu lhe ofereci o emprego de balconista na minha loja.

— E eu o recusei. Foi esse o assunto. Bom, até mais, irmão Morris, e que as coisas melhorem para você no futuro.

Nessa mesma tarde, McMurdo estava sentado fumando, perdido em seus pensamentos ao lado do fogo na sala de estar, quando a porta abriu-se e a entrada foi tomada pela figura imensa do chefe McGinty. Ele passou a senha e sentou-se defronte ao jovem, que ficou encarando sem vacilar por certo tempo, olhar esse que foi firmemente retribuído.

— Não sou muito de fazer visita, irmão McMurdo — disse ele, finalmente. — Acho que me ocupo demais com o pessoal que vem me visitar. Mas pensei que valeria a pena dar uma esticadinha e visitá-lo na sua casa.

— Orgulha-me ter o senhor aqui, conselheiro — McMurdo respondeu sinceramente, tirando sua garrafa de uísque do armário. — É uma honra que eu não esperava ter.

— Como vai o braço? — perguntou o chefe.

McMurdo fez careta.

— Ainda não me esqueci dele — disse. — Mas valeu a pena.

— Sim, vale a pena — respondeu o outro — para quem é fiel e leva a sério e ajuda a loja. Do que estava falando com o irmão Morris em Miller Hill esta manhã?

A pergunta veio tão subitamente que foi ótimo já estar com a resposta na ponta da língua. McMurdo caiu no riso.

— Morris não sabia que eu podia ganhar a vida trabalhando aqui mesmo, em casa. Não era de se esperar mesmo, pois tem consciência demais para um sujeito como eu. Mas tem um bom coração. Ocorreu-lhe que eu estava solto por aí e que me seria de grande ajuda oferecer-me emprego como balconista na loja de tecido dele.

— Ah, foi isso?

— Sim, foi isso.

— E você recusou?

— Sim. Já que posso ganhar quatro vezes mais dentro do meu quarto, em quatro horas de trabalho.

— De fato. Mas eu não andaria muito com o Morris, se fosse você.

— Por que não?

— Ora, porque estou dizendo. Isso basta para a maioria por aqui.

— Pode bastar para a maioria, mas não basta para mim, conselheiro — McMurdo retrucou, ousado. — Se pode julgar bem os homens, pode compreender.

O gigante fechou-lhe a cara e juntou a mão peluda num copo como se fosse arremessá-lo na cabeça do rapaz a qualquer momento. Depois apenas riu aquele riso alto, escandaloso e fingido.

— Você é um tipo esquisito, sabia? — disse ele. — Bom, se quer saber o motivo, eu lhe digo. Morris não falou nada de ruim sobre a loja?

— Não.

— Nem sobre mim?

— Não.

— Bom, apenas porque não confia em você. No fundo, ele não é irmão leal. Sabemos disso muito bem. Então ficamos de olho, esperando o momento em que teremos de admoestá-lo. Creio que esse momento se aproxima cada vez mais. Não há espaço para homem molenga no nosso cercado. Mas se você andar com um membro desleal, tenderemos a pensar que você também é, entende?

— Não há chance de que eu passe a andar com ele, pois não vou com a cara dele — McMurdo respondeu. — Quanto a ser desleal, se fosse qualquer outro, senão você, não usaria essa palavra comigo duas vezes.

— Bom, é isso — disse McGinty, secando o copo. — Vim apenas avisá-lo a tempo, e já avisei.

— Eu gostaria de saber — disse McMurdo — como você ficou sabendo que conversei com Morris.

McGinty riu.

— É meu trabalho saber tudo que acontece nesta cidade — disse ele. — Lembre-se sempre de que estou ouvindo tudo que acontece. Bom, deu a hora, só preciso dizer que...

Mas a partida foi interrompida de modo muito inesperado. Com um baque súbito, a porta abriu-se e três homens apareceram, os cenhos franzidos, olhando feio para os outros dois, debaixo de seus chapéus de policial. McMurdo ficou de pé num pulo e foi sacando o revólver, mas conteve o braço a tempo assim que tomou ciência dos dois rifles que lhe apontavam para a cabeça. Um homem de uniforme entrou no quarto, de revólver na mão. Era o capitão Marvin, antes de Chicago, agora do Comissariado das Minas. Ele sacudiu a cabeça, sorrindo para McMurdo.

— Bem que eu imaginei que fosse arranjar confusão, Sr. Danado McMurdo de Chicago — disse ele. — Não consegue evitar, não é? Pegue seu chapéu e venha conosco.

— Você vai pagar por isto, capitão Marvin — disse McGinty. — Quem é você para invadir uma residência desta maneira e molestar homens honestos, que cumprem a lei?

— Você não tem nada que ver com este assunto, conselheiro McGinty — disse o capitão. — Não estamos atrás de você, mas desse homem, McMurdo. Você devia nos ajudar, não dificultar o nosso trabalho.

— Ele é amigo meu e respondo pela conduta dele — disse o chefe.

— O fato, Sr. McGinty, é que talvez você tenha que responder por sua própria conduta algum dia desses — respondeu o capitão. — O McMurdo aqui já era um sacana antes de vir para cá, e continua sendo. Cuidado, cabo, que vou desarmá-lo.

— Tome aqui a minha pistola — disse McMurdo, com toda a frieza. — Talvez, capitão Marvin, se você e eu estivéssemos sozinhos, cara a cara, você não me levaria assim tão fácil.

— Onde está o mandado? — perguntou McGinty. — Não faz a menor diferença morar em Vermissa ou na Rússia com gente como vocês coordenando a polícia. Isso é um ultraje a uma sociedade capitalista e vão ouvir reclamações.

— Faça o que achar que é seu dever, o melhor que puder, conselheiro. Nós fazemos o nosso.

— Do que estou sendo acusado? — perguntou McMurdo.

— De ter participado do espancamento de Stanger, editor do Herald. Não foi por culpa sua que a história não terminou em morte.

— Ora, se isso é tudo que você tem contra ele — exclamou McGinty, debochado —, pode poupar-se de trabalho desnecessário e retirar a queixa agora mesmo.

Esse homem estava comigo no meu salão, jogando pôquer até a meia-noite, e posso trazer uma dúzia para prová-lo.

— Isso é assunto seu; pode resolvê-lo no tribunal amanhã. Entrementes, vamos, McMurdo, e não faça nenhuma gracinha, a não ser que queira ter uma arma apontada para a sua cabeça. E não se intrometa, Sr. McGinty. Que fique bem claro que não pretendo tolerar resistência nenhuma durante o meu turno!

Tão determinado parecia o capitão que ambos, McMurdo e seu chefe, viram-se forçados a compactuar com a situação. McGinty conseguiu sussurrar algumas palavras com o prisioneiro antes de partirem.

— E quanto a... — ele fez sinal com o dedão, referindo-se à falsificação de dinheiro.

— Sem problema — sussurrou McMurdo, que providenciara um esconderijo debaixo do piso.

— Adeus, então — disse o chefe, cumprimentando-o. — Falarei com Reilly, o advogado, e cuidarei eu mesmo da sua defesa. Pode ter certeza de que não o prenderão por muito tempo.

— Eu não apostaria tanto nisso. Fiquem de olho no prisioneiro, vocês dois, e atirem se tentar alguma gracinha. Darei uma olhada na casa antes de sair.

E realmente deu, mas não encontrou rastro da fabricação clandestina. Quando retornou, ele e seus homens escoltaram McMurdo até o quartel. Já havia escurecido e caía uma nevasca leve, por isso as ruas estavam quase desertas, mas uns vagabundos seguiam o grupo e, encorajados pela invisibilidade, rogavam pragas ao prisioneiro.

— Linchem esse Vingador maldito! — exclamavam. — Linchem!

Eles riram e comemoraram quando viram o prisioneiro ser empurrado para dentro da estação da polícia. Após um exame curto e formal conduzido pelo inspetor, McMurdo foi posto numa cela comum. Lá ele encontrou Baldwin e outros três criminosos da noite anterior, todos presos à tarde, aguardando pelo julgamento da manhã.

Entretanto, mesmo dentro desse forte protegido da lei, o braço comprido dos Homens Livres podia espreguiçar-se. Tarde da noite veio um carcereiro com um feixe de feno para que fizessem de cama, do qual retirou duas garrafas de uísque, uns copos e um deque de cartas. Passaram uma noite hilariante, sem a menor ansiedade com relação aos procedimentos do dia seguinte.

Nem havia motivo, como o resultado viria a mostrar. A magistratura não poderia, com base nas evidências, tê-los levado a uma corte superior. Por um lado, os tipógrafos e jornalistas foram forçados a admitir que a luminosidade era fraca, que eles mesmos estavam para lá de perturbados e que lhes era difícil confirmar a identidade dos assaltantes, embora acreditassem que os acusados estavam entre aqueles. Questionados logo depois pelo advogado esperto acionado por McGinty, as testemunhas deram relato ainda mais nebuloso.

O ferido já tinha deposto que fora pego em tamanha surpresa por tão repentino ataque que não podia afirmar nada além do fato de que o primeiro homem que o acertara usava bigode. Ele acrescentou que sabia tratar-se dos Vingadores, visto que ninguém mais na comunidade poderia ter qualquer inimizade para com ele e porque havia muito que lhe ameaçavam por seus francos editoriais. Por outro lado, fora claramente demonstrado pelo relato incólume de seis cidadãos, incluindo um agente municipal de alto escalão, o conselheiro McGinty, que os homens estiveram jogando cartas no bar da união até muito mais tarde que a hora do atentado.

Não é preciso dizer que foram dispensados com algo muito próximo de um pedido de desculpas do tribunal pelo inconveniente a eles imposto, junto de uma censura velada ao capitão Marvin e aos policiais pelo excesso de zelo.

O veredito foi recebido com aplausos por uma corte na qual McMurdo viu diversos rostos conhecidos. Irmãos da loja sorriam e acenavam. Havia, porém, muita gente de cara feia e olhar pernicioso, vendo os homens saindo pelo corredor. Um deles, um sujeito baixinho de barba escura e expressão resoluta, colocou os pensamentos dele e dos colegas em palavras quando os quase prisioneiros passaram por ele.

— Assassinos malditos! Nós vamos acabar com vocês!

5

O momento mais obscuro

Se faltava algo para dar ímpeto à popularidade de Jack McMurdo entre seus colegas, foram sua prisão e soltura. O fato de um membro ter feito algo bem na noite em que fora iniciado na loja que o levara ao tribunal era novidade nos anais da sociedade. Já ele possuía a reputação de bom companheiro, folião animado e no geral homem de pavio curto, que não engolia insulto nem do todo-poderoso chefe. Mas, além de tudo isso, ele impressionou os companheiros, pois dentre eles não havia alguém com mentalidade tão apta a compor um esquema dos mais sanguinários e habilidade para conduzi-lo.

— Ele será o homem do trabalho limpo — diziam os mais experientes entre si, e passaram a aguardar o momento ideal para colocá-lo em serviço.

McGinty já tinha instrumentos suficientes, mas reconhecia que ele era extremamente habilidoso. Sentia-se como se detivesse um cão de caça pela corrente. Havia os vira-latas para executar serviços mais simples, mas algum dia ele soltaria essa criatura para caçar. Alguns membros da loja, incluindo Ted Baldwin, ressentiam-se da ascensão rápida do rapaz e o detestavam por isso, mas procuravam não ficar no caminho dele, pois o rapaz brigava tão facilmente quanto ria.

Contudo, se ganhava o apreço de seus companheiros, em outro âmbito de sua vida, o qual se tornara vital para ele, McMurdo apenas perdia. O pai de Ettie Shafter não queria mais saber do rapaz, nem permitia que entrasse na casa. Ettie estava apaixonada demais para desistir dele; entretanto, a razão a alertava do que poderia advir de um casamento com um homem considerado por todos um criminoso.

Certa manhã, após passar a noite em claro, ela resolveu vê-lo, talvez pela última vez, e fazer de tudo para arrancá-lo daquelas influências malignas que o contaminavam. Foi até a casa dele, algo pelo que ele muito implorara, e entrou na sala de estar. McMurdo estava sentado a uma mesa, de costas para ela, com uma carta nas mãos. E num acesso de faceirice de menina — Ettie ainda tinha dezenove anos —, vendo que ele não a ouvira abrir a porta, a jovem foi nas pontas dos pés até ele e pôs a mão de leve em seus ombros curvados.

Se a intenção era dar-lhe um susto, ela foi bem-sucedida, mas quem levou um susto maior foi ela. Saltando como um tigre, McMurdo agarrou a jovem pela garganta. No mesmo instante, com a outra mão, amassou o papel que tinha à frente. Por um momento, devorou-a com o olhar, mas logo a surpresa e a alegria suplantaram a ferocidade que lhe contorcia as feições — ferocidade que a fez recuar, horrorizada, de algo com que jamais tivera contato em sua vida simples.

— É você — disse ele, levando a mão ao rosto. — Como pode você vir me ver, meu amor, e não me ocorre fazer nada melhor que tentar estrangulá-la! Venha, minha querida — ele estendeu os braços —, deixe-me recompensá-la.

Mas a jovem ainda não se recobrara do lampejo súbito de medo e culpa que lera no semblante do rapaz. Todo o seu instinto feminino lhe indicava que a reação desmedida não fora apenas a de alguém que leva um susto. Culpa — era isso mesmo —, culpa e medo.

— O que deu em você, Jack?! — exclamou ela. — Por que teve tanto medo de mim? Oh, Jack, se você tivesse a consciência limpa, não teria me olhado desse jeito.

— É que eu estava pensando em outras coisas, e quando você veio de fininho com esses seus pezinhos de fada...

— Não, Jack, foi mais do que isso. — Ettie foi tomada por uma desconfiança súbita. — Deixe-me ver a carta que você escrevia.

— Não posso fazer isso, Ettie.

A suspeita passou para a certeza.

— Escrevia para outra mulher! — exclamou ela. — Só pode ser! Por que outro motivo a esconderia de mim? Estava escrevendo para a sua esposa? Como vou saber se você não é um homem casado... Você, um estranho que ninguém conhece?

— Não sou casado, Ettie. Eu juro! Você é a única mulher da minha vida! Juro por tudo que é mais sagrado!

O rapaz estava tão lívido e desesperado que Ettie foi forçada a acreditar.

— Bom, então — disse ela —, por que não me mostra a carta?

— Eu jurei que não a mostraria a ninguém, e assim como não deixaria de cumprir algo que prometi a você, devo a mesma lealdade àqueles com quem me comprometi. É assunto da loja, algo que não posso mostrar nem a você. E o fato de eu ter levado esse susto todo, você não entende que eu achei que poderia ser um detetive?

Ettie achou que ele dizia a verdade. Ele a juntou nos braços e beijou-a, acalmando-a.

— Sente-se aqui comigo. Não é um trono digno de uma rainha, mas é o melhor que seu pobre amado pôde arranjar. Ele vai melhorar muito para você, creio eu. E agora, está mais tranquila?

— Como posso ficar tranquila, Jack, sabendo que você é um criminoso, sem saber quando vou ouvir que você está sendo julgado por assassinato? McMurdo, o Vingador, foi assim que um dos pensionistas referiu-se a você esses dias. Foi como uma facada no meu coração.

— São apenas palavras, Ettie.

— Mas dizem a verdade.

— Meu amor, não é tão ruim quanto você pensa. Somos apenas homens pobres tentando conseguir as coisas do nosso jeito.

Ettie jogou os braços em volta do pescoço do namorado.

— Largue essa vida, Jack! Por mim, por Deus, largue! Foi para pedir-lhe isso que vim aqui hoje. Oh, Jack, eu imploro, eu fico de joelhos! Ajoelhada aqui à sua frente eu imploro que largue essa vida!

Ele a levantou e afagou-lhe os cabelos, trazendo seu rosto para perto.

— Meu amor, você não sabe o que está me pedindo. Como posso largar, ignorar meu juramento, abandonar meus camaradas? Se você entendesse a minha situação, jamais me pediria isso. Além disso, mesmo que eu quisesse, como poderia? Você acha que a loja permitiria a um homem libertar-se com todos aqueles segredos?

— Já pensei nisso, Jack. E planejei tudo. O papai tem uma reserva de dinheiro. Ele está cansado deste lugar, onde o medo que temos dessas pessoas nos pesa a vida. Ele está pronto para partir. Podemos ir para a Filadélfia, ou para Nova York, e lá estaremos livres dessa gente.

McMurdo riu.

— A loja tem braços compridos. Acha que ela não alcança a Filadélfia ou Nova York?

— Bom, então vamos para o oeste, ou a Inglaterra, ou a Alemanha, de onde veio o meu pai... Qualquer lugar para sair deste Vale do Medo!

McMurdo lembrou-se do irmão Morris.

— Ora, é a segunda vez que escuto o vale ser chamado assim — disse. — O fardo parece mesmo ser mais pesado para algumas pessoas.

— É um peso eterno sobre as nossas costas. Você acha que Ted Baldwin já nos perdoou? Se ele não tivesse medo de você, que acha que seria de nós? Se ao menos você visse o jeito com que ele me olha com aquela cara de monstro.

— Pois eu lhe ensinaria bons modos se o pegasse fazendo isso. Mas veja, minha querida, eu não posso partir. Não posso... Aceite isso de uma vez. Mas se você me der tempo, para que eu arranje as coisas do meu jeito, tentarei encontrar meios de sair de cena honradamente.

— Não tem nada de honrado nessa história.

— Bom, isso é o que você acha. Mas se me der mais seis meses, darei um jeito de partir sem ter vergonha de encarar os outros.

A menina riu, contente.

— Seis meses! — exclamou. — Promete?

— Talvez uns sete ou oito. Mas dentro de um ano, no máximo, partiremos deste vale.

Foi o máximo que Ettie obteve, mas já era alguma coisa. Havia essa luz distante para iluminar as sombras do futuro mais imediato. Ela voltou para casa mais calma do que já estivera desde que Jack McMurdo surgira em sua vida.

Era de se esperar que, sendo ele um membro, todos os assuntos da sociedade lhe seriam passados, mas ele estava para descobrir que a organização era mais ampla e complexa do que aquela simples loja. Até mesmo o chefe McGinty não sabia de muita coisa, pois que havia um tal delegado territorial, homem que morava em Hobson's Patch, mais no fim da ferrovia, que detinha poder sobre diversas lojas, poder esse que ele brandia de modo súbito e arbitrário. McMurdo viu-o apenas uma vez, homenzinho de cabelos grisalhos, andar furtivo e olhar de soslaio carregado de malícia. Chamava-se Evans

Pott, e até mesmo o chefe de Vermissa sentia a mesma mistura de repulsão e medo que o grandioso Danton devia sentir pelo ínfimo, porém perigoso, Robespierre.

Certo dia, Scanlan, que morava junto de McMurdo, recebeu um recado de McGinty no qual constava outro, de Evans Pott, informando que ele estava para mandar dois homens dos bons, Lawler e Andrews, com instruções para agir na vizinhança. Não informava mais nada, porém, pelo bem do serviço, pedia ele que o grão-mestre cuidasse para que arranjasse acomodações para os homens até que chegasse a hora de agir. McGinty acrescentava que era impossível para qualquer um permanecer incógnito na casa da união e que, portanto, ele agradeceria se McMurdo e Scanlan recebessem os visitantes por alguns dias em seu pensionato.

Na mesma noite, chegaram os homens, cada qual com sua mala. Lawler era mais maduro, um homem quieto, astuto e contido, metido numa sobrecasaca preta que, com o chapéu raso de feltro e a barba grisalha, fazia-o lembrar um padre itinerante. O companheiro, Andrews, era apenas um rapaz de expressão alegre e honesta, e comportava-se como alguém que sai para viajar e espera aproveitar cada segundo. Ambos eram abstêmios e agiam de modo geral como membros exemplares da sociedade, porém eram assassinos que já haviam provado sua capacidade para essa irmandade de criminosos. Lawler já contava catorze mortes; Andrews, três.

McMurdo logo constatou que os dois dispunham-se prontamente a conversar sobre seus feitos do passado, que eles recontavam com o orgulho um tanto vexado de quem faz serviço comunitário. Eram reticentes, contudo, com relação ao serviço que tinham ido executar.

— Escolheram-nos porque nem eu nem o garoto aqui bebemos — Lawler explicou. — Confiam que não falaremos mais do que devemos. Espero que não se importem; estamos apenas seguindo as ordens do delegado territorial.

— Claro, estamos todos na mesma situação — disse Scanlan, colega de McMurdo, quando os quatro sentaram-se para cear.

— É verdade. Podemos conversar à beça sobre como morreram Charlie Williams ou Simon Bird, ou de qualquer outro trabalho feito. Mas enquanto este não for concluído, não podemos falar nada.

— Há uma meia dúzia por aqui com a qual eu gostaria de ter uma palavrinha — disse McMurdo, fazendo a promessa. — Suponho que não estejam atrás de Jack Knox, de Ironhill. Eu faria de um tudo para dar-lhe o que ele merece.

— Não, não é ele.

— Herman Strauss?

— Não, também não.

— Bom, se não podem falar, não os forçaremos. Mas eu adoraria saber.

Lawler sorriu e sacudiu a cabeça. Não pretendia ceder.

Apesar da reticência dos visitantes, Scanlan e McMurdo estavam determinados a participar do que chamavam de "diversão". Assim, certa manhã, McMurdo os ouviu descendo as escadas e correu acordar Scanlan, e os dois se vestiram às pressas. Quando ficaram prontos, constataram que os outros dois já tinham saído, deixando a porta aberta. Ainda não amanhecera, mas sob as luzes dos postes puderam divisar a dupla um pouco mais longe na rua. Seguiram-nos com cautela, pisando a neve sem fazer ruído.

O pensionato ficava na periferia da cidade e logo passavam pelo cruzamento além da vizinhança. Ali aguardavam três homens, com os quais Lawler e Andrews trocaram poucas palavras. Seguiram adiante, então, todos juntos. Obviamente, o serviço em questão demandava vários homens. Os estranhos pegaram o caminho para Crow Hill, grande região mineradora conduzida pela mão habilidosa de um enérgico e intrépido administrador vindo da Nova Inglaterra chamado Josiah H. Dunn, que pudera manter certa ordem e disciplina em tempos de tanto medo.

Raiava o dia e uma longa fileira de operários seguia lentamente, alguns sozinhos, outros em grupo, pela trilha sombreada.

McMurdo e Scanlan misturaram-se aos trabalhadores, sem jamais perder de vista os homens que perseguiam. Uma neblina espessa os cobria e de seu epicentro veio o berro súbito de um apito. Era o sinal que indicava que dali a dez minutos desceriam os elevadores e começaria o expediente do dia.

Quando chegaram à clareira em torno do elevador, havia centenas de mineiros aguardando, alguns batendo pés no chão, outros soprando os dedos, pois fazia um frio de congelar. Os estranhos se agruparam debaixo da sombra da casa de máquinas. Scanlan e McMurdo tinham subido numa pequena saliência de onde podiam ver a cena toda. Foi assim que viram quando o administrador da mina, um escocês barbudo grandalhão chamado Menzies, saiu da casa de máquinas e apitou para que baixassem os elevadores.

No mesmo instante, um rapaz alto, de rosto bem barbeado, avançou avidamente para a entrada da mina. Enquanto caminhava, ele reparou no grupo, todos calados e imóveis, sob a casa de máquinas. Eles tinham tirado os chapéus e erguido a gola dos casacos para esconder o rosto. Por um momento, o administrador sentiu um pressentimento de morte fincar-lhe o coração, mas ignorou a sensação e muniu-se somente do que seria seu dever para com os visitantes.

— Quem são vocês? — perguntou, aproximando-se. — Que estão fazendo aí?

Ninguém respondeu; somente Andrews deu um passo à frente e atirou no homem bem na barriga. Os muitos mineiros ficaram congelados onde estavam, imóveis e atônitos, como se paralisados. O administrador levou as duas mãos ao ferimento e procurou firmar-se. Quando recuou cambaleando, outro dos assassinos disparou, e o homem caiu de lado, batendo pernas e braços na pilha de cinzas. Menzies, o escocês, soltou um rugido ao ver a cena e correu com uma chave inglesa para os assassinos, mas foi recebido com duas balas na cabeça, caindo morto aos pés deles.

Alguns mineradores avançaram em bando, gritando aleatoriamente, de pena e raiva, mas dois dos visitantes esvaziaram seus revólveres atirando na multidão, que se separou e se espalhou. Muitos saíram correndo desesperados para suas casas, em Vermissa.

Quando alguns mais corajosos se reuniram e retornaram à mina, a gangue de assassinos já tinha desaparecido em meio à neblina matinal, de modo que nenhum dos presentes pôde identificar os homens que, perante uma plateia de centenas, cometeram os dois assassinatos.

Scanlan e McMurdo puseram-se a caminho de casa. O primeiro um pouco chateado, pois era a primeira vez que presenciava uma execução, e a cena toda lhe parecera muito menos divertida do que ele fora levado a imaginar. Os gritos horrendos da esposa do administrador morto os perseguiram enquanto caminhavam apressados de volta à cidade. McMurdo mantinha-se calado e taciturno, sem demonstrar simpatia pelo fraquejar do companheiro.

— Trata-se de uma guerra — repetia ele. — Uma guerra entre nós e eles, e respondemos do melhor jeito que podemos.

A casa da união estava um rebuliço só naquela noite, não somente por conta da execução do administrador e do engenheiro da mina de Crow Hill, algo que colocaria a organização no mesmo patamar que outras empresas chantageadas e aterrorizadas do distrito, mas também pela visualização do triunfo distante a ser perpetrado pelo trabalho da loja.

Dizia-se que, quando o delegado territorial enviara cinco homens para tal serviço em Vermissa, ele demandara que, em troca, os homens de Vermissa fossem selecionados discretamente e enviados para matar William Hales, de Stake Royal, um dos donos de mina mais famosos do distrito de Gilmerton, homem que se acreditava não ter um inimigo que fosse no mundo, pois era um empregador exemplar. Ele insistia, no entanto, na eficiência do trabalho, para tanto, contratara um ou outro beberrão e vagabundo que fazia parte da poderosa sociedade. As ameaças de morte pregadas em sua porta não enfraqueceram sua determinação e, assim, mesmo num país livre e civilizado, o empresário viu-se condenado à morte.

A execução fora devidamente realizada. Ted Baldwin, que agora se sentava no lugar de honra ao lado do chefe, fora o comandante da empreitada. Seu rosto ruborizado e os olhos vítreos e vermelhos indicavam a noite de bebedeira e pouco sono. Ele e dois colegas tinham passado a noite perdidos nas montanhas. Estavam desalinhados, as roupas sujas pela intempérie. Porém, herói nenhum, ao retornar de empreitada tão arriscada, poderia ter sido melhor recebido por seus camaradas.

A história foi contada e recontada em meio a gritos de alegria e surtos de riso. O grupo aguardara até que o alvo retornasse para casa ao cair da noite, posicionado no cume de um morro íngreme, onde o cavalo dele devia pastar. O homem estava tão encapotado para proteger-se do frio que não pôde alcançar a pistola. Tiraram-no da carruagem e dispararam muitas vezes. O homem gritou por clemência. Os gritos foram repetidos ali, para a alegria de toda a loja.

— Mostrem mais uma vez como ele se esgoelou — pediam.

Ninguém conhecia o homem, mas há sempre algo de dramático numa execução, e tinham mostrado aos Vingadores de Gilmerton que podiam contar com o pessoal de Vermissa.

Houvera um contratempo, no entanto, pois um homem e sua esposa passaram por ali quando os assassinos ainda esvaziavam suas armas no corpo largado no chão. Alguém sugeriu que atirassem no casal, mas era uma gente inofensiva que não tinha ligação alguma com as minas, então foram somente coagidos a seguir adiante e não abrir o bico, ou algo de terrível lhes aconteceria. E, assim, a figura ensanguentada foi largada como aviso para todos os empresários de brio, e os três nobres vingadores fugiram para as montanhas, onde a floresta avançava até a beirada das fornalhas e morros de cinzas. E agora ei-los ali, a salvo, trabalho feito, recebendo os aplausos dos companheiros.

Fora um belo dia para os Vingadores. As sombras obscureciam o vale ainda mais. Porém, como um general sábio escolhe o momento da vitória para redobrar seus esforços, para que os inimigos não tenham tempo de se recobrar do desastre, o chefe McGinty, avaliando o cenário de suas operações com seus olhos taciturnos e maliciosos, planejou um novo ataque contra aqueles que a ele se opunham. Nessa mesma noite, quando os membros embriagados da sociedade se dispersaram, ele pegou McMurdo pelo braço e o levou para aquela salinha adjacente na qual tiveram sua primeira conversa.

— Veja só, meu rapaz — disse ele —, finalmente apareceu um trabalho digno do seu calibre. Você sozinho conduzirá a operação.

— Será uma grande honra — McMurdo respondeu.

— Pode levar dois homens com você, Manders e Reilly. Já foram avisados do serviço. Nunca prevaleceremos neste distrito enquanto Chester Wilcox não for silenciado, e você terá a gratidão de todas as lojas da zona carbonífera se der cabo dele.

— Farei o melhor que puder. Quem é esse homem? Onde o encontro?

McGinty tirou o eterno charuto meio mordiscado e fumado do canto da boca e pôs-se a desenhar um diagrama grosseiro numa folha de papel arrancada do caderno.

— É o primeiro capataz da Iron Dike. É um sujeito durão, sargento que atuou na guerra, cabelo grisalho, várias cicatrizes. Tentamos pegá-lo duas vezes, mas não demos sorte; Jim Carnaway foi morto numa dessas. Agora cabe a você liquidá-lo. Eis a casa, única residência do cruzamento de Iron Dike, esse que você vê aqui no mapa, e não há nenhuma outra por perto. Não recomendo que vá de dia. Ele vive armado e é rápido no gatilho, atira sem aviso. À noite, no entanto, lá está ele com a esposa, os três filhos e uma criada. Não pode deixar testemunhas. São todos ou nenhum. Se conseguir colocar um saco de dinamite, com uma mecha lenta...

— Que fez o homem?

— Já não disse que matou Jim Carnaway?

— Por que o matou?

— Que diabos você tem com isso? Carnaway apareceu na casa dele à noite e ele o matou. Isso basta para nós dois. Preciso que acerte as contas com ele.

— Mas tem essas duas mulheres e as crianças. Devem morrer também?

— É preciso. De que outro jeito o pegaremos?

— Mas eles não merecem, não fizeram nada.

— Que conversa fiada é essa? Vai amarelar?

— Calma, conselheiro, calma! Quando foi que eu disse ou fiz qualquer coisa que mostrasse que eu não queria cumprir uma ordem do grão-mestre da minha loja? Certo ou errado, é você quem manda.

— Fará o serviço, então?

— Claro que farei.

— Quando?

— Bom, preciso que me dê uma ou duas noites para ver a casa e planejar. Depois...

— Ótimo — disse McGinty, e deram as mãos. — Deixo tudo por sua conta. Será um grande dia quando você vier nos contar. Basta esse golpe e serão todos subjugados.

McMurdo refletiu muito acerca do serviço que lhe fora posto nas mãos tão subitamente. A casa isolada na qual Chester Wilcox morava ficava a menos de dez quilômetros de um vale adjacente. Na mesma noite, McMurdo saiu sozinho para planejar o atentado. No dia seguinte, entrevistou seus dois subordinados, Manders e Reilly, rapazes imprudentes com uma exaltação de quem vai caçar um veado.

Duas noites depois, encontraram-se fora da cidade, todos armados, um deles trazendo um saco cheio da pólvora usado nas pedreiras. Eram duas da manhã quando chegaram à casa isolada. Ventava muito nessa noite e nuvens esparsas passavam lentas debaixo de uma lua crescente. Alertaram-nos de que ficassem de olho para possíveis cães de guarda, então o grupo caminhava com cautela, com as armas nas mãos. Contudo, não se ouvia ruído, exceto o soprar do vento, e nada se movia além dos galhos que dançavam acima.

McMurdo aproximou o rosto da porta da casa solitária, que estava em completo silêncio, encostou ali o saco de pólvora, abriu um buraco com a faca e introduziu a mecha. Bem acesa a mecha, ele e os dois companheiros saíram correndo, e já estavam a distância segura, protegidos numa vala, quando o rugido da explosão e o ribombar grave e abafado do desabamento da construção lhes informaram que o trabalho estava feito. Não haveria registro de operação mais limpa que essa nos anais sangrentos da sociedade.

Acabou que todo esse trabalho tão bem organizado e ousadamente conduzido foi em vão. Alertado pelo destino de várias vítimas e sabendo que estava marcado para morrer, Chester Wilcox mudara-se com a família um dia antes para um local mais seguro e menos conhecido, onde uma guarda policial tomaria conta deles. A casa destruída pela explosão estava vazia, e o soturno ex-sargento continuava ensinando disciplina aos mineradores de Iron Dike.

— Deixe-o comigo — disse McMurdo. — Ele é meu alvo e vou dar conta dele nem que tenha que esperar um ano.

A loja toda deu um voto de confiança e o assunto ficou por encerrado. Algumas semanas depois, os jornais relataram que Wilcox fora morto numa emboscada e sabia-se que McMurdo ainda não tinha concluído sua missão.

Eram esses os métodos da sociedade dos Homens Livres e os feitos com os quais os Vingadores ampliavam seu domínio sobre o rico distrito que por tão longo período passou sob o jugo de tão tenebrosa presença. Por que manchar estas páginas com mais crimes? Já não foi dito o suficiente para mostrar quem são essas pessoas e quais são seus métodos?

Tais feitos estão escritos na história, e há registros nos quais se pode obter mais detalhes. Neles, pode-se ler sobre a morte dos policiais Hunt e Evans, que tentaram prender dois membros da sociedade — atentado duplo planejado na loja de Vermissa e executado a sangue frio contra dois homens incapacitados e desarmados. Neles também se pode averiguar a morte da Sra. Larbey quando ela cuidava do marido, que fora espancado quase até a morte a mando do chefe McGinty. Também foi morto o velho Jenkins, e pouco depois seu irmão, e mutilado James Murdoch, e as execuções da família Staphouse e de Stendals seguiram-se, uma após a outra, num mesmo terrível inverno.

As sombras dominavam o Vale do Medo. A primavera chegou, fazendo correr os riachos e brotar flores nas árvores. Havia esperança para a natureza sufocada por tanto tempo por mãos de ferro, mas não para os homens e mulheres que viviam sob o jugo do terror. Jamais a escuridão que os cobria fora tão densa e cruel quanto no verão do ano de 1875.

6

Perigo

Era o auge do reino do terror. McMurdo, que já havia sido apontado como subchefe e tinha todas as chances de algum dia suceder McGinty no posto de grão-mestre, cumpria papel tão crucial aconselhando seus camaradas que nada era feito sem sua ajuda e influência. Quanto mais popular se tornava, no entanto, entre os membros da sociedade, mais feios eram os olhares a ele lançados quando passava pelas ruas de Vermissa. Perante tamanho terrorismo, os cidadãos muniam-se de coragem para unir-se contra seus opressores. Alcançaram a loja rumores de que reuniões secretas eram conduzidas no editorial do Herald e que armas vinham sendo distribuídas para aquele povo tão obediente. McGinty e seus homens, contudo, não se abalaram com a novidade. Eram muitos, determinados e bem armados. Seus oponentes, por sua vez, dispersos e inofensivos. Tudo terminaria, como ocorrera no passado, em discursos vazios e uma ou outra prisão sem consequências. Isso afirmavam McGinty, McMurdo e todos os mais confiantes.

Numa noite de sábado, em maio, pois sábado era sempre noite de encontrar-se na loja, McMurdo saía de casa para lá comparecer quando Morris, o irmão mais reticente da ordem, veio vê-lo. O homem tinha o cenho franzido de preocupação e seu rosto bondoso estava enrugado e abatido.

— Posso falar com você, Sr. McMurdo?

— Claro.

— Não consigo deixar de pensar que abri meu coração a você e você guardou o segredo, mesmo tendo o próprio chefe vindo perguntá-lo sobre isso.

— Que mais poderia eu fazer, sendo que você confiou em mim? Não que eu tivesse concordado com o que você disse.

— Sei disso muito bem. Mas com você posso falar sem criar problema. Guardo um segredo — disse ele, pondo a mão no peito — que está acabando comigo. Quisera eu que tivesse recaído sobre outra pessoa. Se eu contar, serei morto, com certeza. Do contrário, pode ser o fim para todos nós. Que Deus me ajude, mas estou perdendo a cabeça!

McMurdo olhava com simpatia para o homem. Ele se tremia todo. McMurdo serviu um pouco de uísque num copo e passou ao camarada.

— Isto aqui costuma ajudar gente como você — disse. — Agora me conte tudo.

Morris bebeu, e seu rosto lívido ganhou um pouco de cor.

— Tudo se resume numa única frase — disse. — Tem um detetive atrás de você.

McMurdo fitou-o atônito.

— Homem, você enlouqueceu — disse ele. — Este lugar não está cheio de policiais e detetives e nenhum mal eles nos fazem?

— Não se trata de alguém do distrito. Como você disse, nós os conhecemos e há pouco que possam fazer. Mas já ouviu falar de Pinkerton?

— Ouvi falar desse nome, sim.

— Bom, pois saiba que não há muito que fazer quando esses estão na sua cola. Não são apenas ordens do governo que se pode ignorar. São um grupo resoluto interessado em resultados e que não desiste enquanto não obtém resultado do modo que podem. Se um agente de Pinkerton se meter com nossos assuntos, será o fim para todos nós.

— Devemos matá-lo, então.

— Ah, então é isso que lhe ocorre. O mesmo pensarão todos na loja. Eu não lhe disse que terminaria tudo em morte?

— Ora, mas matar é algo tão comum nestas bandas.

— Sim, de fato, mas não queria ser eu a apontar o homem que deve ser morto. Jamais descansarei em paz. E, no entanto, estou pensando em salvar a nossa pele. Por Deus, o que devo fazer?

Morris balançava, agoniado pela indecisão, mas suas palavras tocaram McMurdo profundamente. Ficou evidente que ele partilhava da opinião geral quanto ao perigo e a necessidade de confrontá-lo. Ele segurou o homem pelos ombros e o sacudiu, como que para lhe acordar os sentidos.

— Olhe aqui — exclamou, e quase sibilou as palavras, tamanha a empolgação —, você não ganha nada sentado como uma idosa na vigília. Vamos aos fatos. Quem é o sujeito? Onde está? Como ouviu falar dele? Por que você veio falar comigo?

— Eu vim ter com você porque você é o único que pode me aconselhar. Eu lhe disse que tinha uma loja no leste antes de vir para cá. Deixei bons amigos para trás, e um deles é telégrafo. Veja esta carta que recebi dele ontem. Esta parte no topo da página. Leia, por favor.

Eis o que McMurdo leu: "Como vão os Vingadores nas suas bandas? Lemos bastante sobre eles nos jornais. Cá entre nós, espero ouvir notícias suas o quanto antes. Cinco empresas grandes, duas ferroviárias, estão encarando a situação seriamente. Não estão para brincadeira. Pode acreditar que logo aparecerão por aí. Estão trabalhando sem cessar. Pinkerton foi acionado por elas, e colocou seu melhor agente, Birdy Edwards, para trabalhar. Eles têm que ser detidos o quanto antes".

— Leia agora o que diz no final.

"Claro que descobri tudo isso em serviço — é informação confidencial. Trata-se de mensagens cifradas com que lidamos aos montes todos os dias, e não se entende nada."

McMurdo ficou calado por um tempo, com a carta nas mãos. Erguera-se a neblina por um instante, revelando o abismo diante dele.

— Alguém mais sabe disso? — perguntou.

— Não contei a mais ninguém.

— Mas esse homem, seu amigo, teria mais alguém a quem escrever?

— Creio que conhece mais gente, sim.

— Da loja?

— Creio que sim.

— Perguntei porque é provável que ele tenha descrito esse tal Birdy Edwards, e talvez assim possamos seguir a trilha dele.

— Sim, é possível. Mas não há como saber se o conhece. Ele apenas me contou o que ficou sabendo em serviço. Como ele conheceria esse agente do Pinkerton?

McMurdo sobressaltou-se.

— Eu sei quem ele é. Que tolice a minha. Mas estamos com sorte. Vamos dar cabo dele antes que venha a causar problemas. Morris, deixe que eu resolvo isso.

— Claro, contanto que não seja eu a resolver.

— Eu resolvo. Pode ficar tranquilo que eu cuido de tudo. Nem mencionarei o seu nome. Cuidarei de tudo sozinho, como se a carta tivesse chegado para mim. Está bom assim para você?

— É tudo que quero.

— Então pode ficar tranquilo. Agora eu vou até a loja, e logo o tal Pinkerton terá o que merece.

— Vai matar o homem?

— Quanto menos você souber, Morris, melhor para sua consciência, para dormir sossegado. Não faça perguntas, deixe que as coisas se resolvam. Eu cuido de tudo.

Morris saiu tristonho, inconformado.

— Sinto como se tivesse o sangue dele nas mãos — resmungou.

— Proteger-se não é crime nenhum — disse McMurdo. — É a pele dele ou a nossa. Esse homem pode destruir toda a sociedade se o deixarmos zanzar pelo vale. Puxa, Morris, um dia teremos de torná-lo grão-mestre, pois você acaba de salvar a loja.

E, no entanto, ficou claro, por suas ações, que McMurdo considerava o assunto com mais seriedade do que sua fala demonstrava. Talvez fosse a consciência, talvez fosse a reputação da organização de Pinkerton, talvez fosse por saber que empresas endinheiradas tinham se comprometido a dar cabo dos Vingadores. Fosse lá o motivo, ele agiu como alguém que se prepara para o pior. Todo documento que pudesse incriminá-lo foi destruído por ele antes de sair de casa. Feito isso, o homem suspirou aliviado, pois lhe parecia que estava a salvo. Entretanto, o perigo devia ainda preocupá-lo, e a caminho da loja ele passou pela casa de Shafter. Não lhe permitiam entrar ali, então ele bateu na janela e Ettie saiu para vê-lo. Mas não foi o olhar de irlandês maroto que ela viu no rosto do namorado. Lia-se somente o receio ali.

— Aconteceu alguma coisa! — exclamou ela. — Oh, Jack, você está em perigo!

— Não é nada de mais, meu amor. Porém talvez seja melhor tomarmos atitude antes que piore.

— Tomar atitude?

— Eu prometi que um dia partiríamos. Acho que está chegando a hora. Recebi más notícias hoje e vejo problema adiante.

— Com a polícia?

— Sim. Pinkerton. Sei que você não sabe do que se trata, nem o que isso implica para gente como eu. Estou metido a fundo nisto, e talvez tenha que sair de cena. Você disse que viria comigo se eu partisse.

— Oh, Jack, seria a sua salvação!

— Sou um homem honesto em algumas coisas, Ettie. Eu não magoaria você por nada neste mundo. Jamais a tiraria do trono dourado acima das nuvens no qual eu sempre a vejo. Você confia em mim?

Ela deu a mão a ele sem dizer nada.

— Bem, preste muita atenção ao que vou dizer e faça como eu mandar, pois é a única coisa que podemos fazer. Vai acontecer alguma coisa neste vale. Posso sentir. Talvez muitos de nós terão que tomar mais cuidado. Eu, pelo menos. Se eu for, de dia ou de noite, você tem de vir comigo!

— Eu vou atrás de você, Jack.

— Não, você tem de vir *junto* comigo. Se este vale fechar-se para mim, se eu não puder voltar nunca mais, como vou deixar você para trás? Se eu tiver que me esconder da polícia, sem poder me comunicar com você? Você tem de vir junto. Conheço uma mulher bondosa no lugar de onde eu vim e pensei em deixar você com ela enquanto não pudermos nos casar. Você vem?

— Sim, Jack, eu vou com você.

— Graças a Deus você confia em mim! Maldito seja eu se algum dia maltratá-la. Agora não se esqueça, Ettie, que mandarei apenas uma mensagem e, quando chegar, você deve largar tudo e esperar por mim na sala de espera da estação. Fique lá até eu chegar.

— A qualquer momento, eu vou assim que você chamar, Jack.

Um pouco mais tranquilo, agora que começara os preparativos para a fuga, McMurdo foi até a loja. A assembleia já começara e somente trocando senhas complicadas ele pôde passar pelas guardas externa e interna que protegiam tão bem o local. Os colegas o receberam com alegria. Estava muito cheia a sala, e por entre a fumaça de cigarro ele avistou a cabeleira preta emaranhada do grão-mestre, os traços cruéis e ameaçadores de Baldwin, a cara de abutre de Harraway, o secretário, e mais uma dúzia dos líderes da loja. Ficou contente em saber que estavam todos ali para ponderar sobre a notícia que ele trazia.

— Muito bom ver você, meu irmão! — exclamou o chefe. — Temos um assunto aqui que poderia contar com seu julgamento para a solução.

— Lander e Egan — explicou um homem sentado ao lado. — Os dois afirmam que a loja lhes deve dinheiro pela morte de Crabbe, em Stylestown, e vai saber quem foi que disparou a bala.

McMurdo levantou-se e ergueu a mão. A expressão em seu rosto atraiu toda a atenção dos presentes. Foram todos fazendo silêncio, na expectativa.

— Eminente grão-mestre — disse ele num tom solene —, tenho um assunto urgente.

— Irmão McMurdo traz um assunto urgente — disse McGinty. — Pelas regras da loja, temos que priorizar. Somos todos ouvidos, irmão.

McMurdo tirou a carta do bolso.

— Eminente grão-mestre, irmãos — disse —, trago más notícias hoje. É melhor que todos saibam, que possamos discutir, pois do contrário receberíamos um golpe de surpresa que poderia nos destruir a todos. Fui informado de que as mais poderosas e ricas organizações do estado uniram-se pela nossa destruição, e que neste momento um detetive de Pinkerton, um tal de Birdy Edwards, está no vale reunindo provas que podem colocar uma corda nos pescoços de muitos de nós e botar todos os presentes aqui numa cela. É essa a situação que precisamos discutir e por isso digo que é urgente.

A sala foi tomada por um silêncio mortal. Quem o quebrou foi o chefe.

— Tem provas disso, irmão McMurdo?

— Está tudo nesta carta que chegou para mim — disse McMurdo. Ele leu em voz alta a passagem. — Por questão de honra, não posso dar mais detalhes acerca da carta, nem colocá-la em suas mãos, mas garanto que não consta nela nada mais que poderia afetar os interesses da loja. Apresentei o caso exatamente como me foi apresentado.

— Se eu puder falar, chefe — disse um dos mais velhos —, já ouvi falar de Birdy Edwards, e dizem que é o melhor agente de Pinkerton.

— Alguém já viu o sujeito? — perguntou McGinty.

— Sim — disse McMurdo. — Eu o conheço.

Todos murmuraram, impressionados.

— Creio que o temos nas palmas das mãos — continuou ele com um sorriso exultante no rosto. — Se agirmos rápido, com sabedoria, podemos resolver tudo facilmente. Se eu puder contar com a sua confiança e ajuda, teremos pouco a temer.

— O que temos a temer, afinal? Que sabe ele do nosso trabalho?

— Você diz isso por ser leal demais, conselheiro. Mas esse homem tem o apoio de todos os milhões de capitalistas do mundo. Você não acha que há irmãos mais fracos nas lojas que podem ser comprados? Ele obterá os nossos segredos... talvez já os tenha. Só temos uma saída.

— Que ele nunca deixe este vale — disse Baldwin.

McMurdo assentiu.

— Isso mesmo, irmão Baldwin — disse. — Nós temos as nossas divergências, mas você acaba de dizer uma verdade.

— Onde está ele? Como poderemos reconhecê-lo?

— Eminente grão-mestre — disse McMurdo —, eu receio que o assunto seja sério demais para discutirmos com a loja toda. Que Deus me livre de duvidar de alguém aqui, mas se por um acaso chegar fofoca aos ouvidos do homem, lá se vai a nossa chance de pôr as mãos nele. Prefiro que a loja selecione um pequeno comitê, chefe... Você, se me permite sugerir, Baldwin e mais cinco. Somente então poderei falar abertamente do que sei e o que sugiro que seja feito.

A proposta foi aceita de imediato e um comitê escolhido. Além do chefe e de Baldwin, escolheram o secretário, Harraway, Tiger Cormac, o assassino jovem e brutal, Carter, o tesoureiro, e os irmãos Willaby, homens desesperados e intrépidos que não recusavam nada.

O clima festivo usual da loja quase não durou, pois uma sombra encobria os ânimos dos homens e muitos deles, pela primeira vez, viam manchar o céu sereno de sempre, sob o qual, por tanto tempo, eles haviam habitado a nuvem vingadora da lei. Os horrores que perpetraram contra outros já eram tal parte de suas vidas que a ideia de retaliação se tornara algo remoto, e lhes parecia ainda mais assustadora agora que tanto se aproximava. Logo eles se dispersaram, deixando os líderes para refletir.

— Pronto, McMurdo — disse McGinty quando ficaram sozinhos.

Os sete homens mal se mexiam em suas cadeiras.

— Eu acabei de dizer que conheço Birdy Edwards — explicou McMurdo. — Não preciso dizer-lhes que ele está por aqui sob nome falso. É um homem corajoso, mas não é louco. Ele diz ser Steve Wilson e está hospedado em Hobson's Patch.

— Como sabe disso?

— Porque já conversei com ele. Não reparei na hora, nem pensaria de novo nisso, não fosse esta carta, mas agora tenho certeza de que é ele. Conheci-o no trem na quarta-feira. Sujeitinho difícil. Disse que é repórter. Na hora, acreditei. Queria saber tudo que pudesse sobre os Vingadores e o que chamava de "atentados" para levar a um jornal de Nova York. Fez-me todo tipo de pergunta para conseguir o que queria. Até parece que eu ia falar. Ele disse que pagaria, e muito, se arranjasse qualquer coisa que valesse ao editor. Eu disse algo que achei que ele gostaria, e o sujeito me deu vinte dólares pela informação. Disse que me daria duzentos se eu lhe dissesse tudo que queria saber.

— O que lhe disse?

— Algo que inventei na hora.

— Como sabe que não era mesmo um jornalista?

— Eu conto. Ele desceu em Hobson's Patch, e eu também. Quando entrei no telégrafo, ele acabara de sair. O operador, depois que o sujeito saíra, comentou comigo que deviam cobrar a taxa em dobro para telegramas como aquele. Tive que concordar. O sujeito preenchera o formulário com um palavreado incompreensível. Disse o balconista que o homem enviava uma página daquelas todos os dias. Eu comentei que deviam ser notícias para o jornal e que ele receava que outros as copiassem. Foi isso que eu e o balconista pensamos na hora, mas agora vejo de outro modo.

— Creio que tem razão — disse McGinty. — Mas o que acha que devemos fazer a respeito?

— Que tal confrontar o sujeito e dar cabo dele? — alguém sugeriu.

— Quanto antes, melhor.

— Eu faria isso imediatamente se soubesse onde encontrá-lo — disse McMurdo. — Ele reside em Hobson's Patch, mas não sei em que casa. Tenho um plano, no entanto, se aceitarem minha sugestão.

— E como é?

— Quero ir até lá amanhã de manhã. Encontrá-lo-ei falando com o balconista. Ele deve ter como localizá-lo. Direi que sou membro da sociedade e oferecerei todos os segredos da loja por um preço. Aposto que ele aceitará. Direi que os papéis estão na minha casa e que coloco minha vida em risco se lhe permitir vir com gente por perto. Ele concordará que faz muito sentido. Deixo que venha às dez da noite, para que veja tudo. Assim o pegaremos, com certeza.

— Então?

— Podem planejar o resto. A casa da viúva MacNamara é bem afastada. A mulher é discreta e surda feito um poste. Somos apenas eu e Scanlan na casa. Se eu puder contar com ele, e lhes informo se puder, vocês todos poderiam vir por volta das nove. Esperamos que ele venha, e se o bastardo sair com vida, que fale para o resto de seus dias da sorte de Birdy Edwards.

— Logo haverá uma vaga em aberto em Pinkerton, estou certo disso. Combinado, então, McMurdo. Às nove, amanhã, estaremos com você. Basta que traga o homem e cuidamos do restante.

7
A captura de Birdy Edwards

Como McMurdo dissera, a casa em que morava era afastada e muito adequada para o crime que planejavam. Ela ficava na periferia da cidade, bem distante da estrada. Em qualquer outra situação, os conspiradores teriam simplesmente confrontado o alvo, como fizeram tantas vezes antes, e esvaziado suas pistolas no corpo dele, mas dessa vez era de suma importância que descobrissem o quanto ele sabia, como o descobrira e o que passara a seus empregadores.

Era possível que já fosse tarde demais, que o trabalho já fora concluído. Se fosse assim, poderiam pelo menos vingar-se do homem que contra eles atuara. Mas tinham esperança de que nada de grande importância alcançara o conhecimento do detetive, pois do contrário, argumentavam, o homem não teria se dado o trabalho de escrever e enviar tão triviais informações como as que McMurdo alegava ter-lhe contado. No entanto, tudo isso seria ouvido da boca do próprio. Uma vez tendo-o sob seu poder, dariam um jeito de fazê-lo falar. Não seria a primeira vez que lidariam com uma testemunha reticente.

Como combinado, McMurdo foi até Hobson's Patch. A polícia pareceu interessar-se por ele de modo especial nessa manhã, e o capitão Marvin — o que alegara ter conhecido McMurdo em Chicago — foi ter com ele quando o viu aguardando na estação. McMurdo deu-lhe as costas, recusando-se a conversar. Tendo voltado da missão à tarde, foi ver McGinty na casa da união.

— Ele vem — disse.

— Ótimo! — disse McGinty.

O gigante estava em mangas de camisa, com a corrente cintilando sobre o amplo colete e um brilhante reluzindo por detrás da barba eriçada. A bebida e a política tinham feito do chefe um homem tão rico quanto poderoso. Mais terrível, portanto, parecia-lhe o vislumbrar da prisão e da forca que se lhe impusera na noite anterior.

— Acha que ele sabe de muita coisa? — perguntou, ansioso.

McMurdo fez que não.

— Ele está por aqui tem um tempo... seis semanas, pelo menos. Não creio que tenha vindo ver a paisagem. Se vem trabalhando entre nós esse tempo todo com o financiamento daquelas empresas, imagino que já tenha resultados e que os tenha transmitido.

— Não há um homem fraco que seja na loja — exclamou McGinty. — Todos são muito fiéis. E, no entanto, tem aquele diabo do Morris. Que acha dele? Se alguém vier a nos delatar, há que ser ele. Andei pensando em mandar uns rapazes antes do entardecer para dar-lhe uma coça e ver o que arrancam dele.

— Não vejo nada de mal nisso — McMurdo respondeu. — Não nego que tenho afeição por Morris e não gostaria de vê-lo sofrer. Ele conversou comigo uma ou duas vezes sobre questões da loja, e embora não as enxergue como eu ou você, nunca me pareceu ser do tipo que dá com a língua nos dentes. Porém não cabe a mim dar palpite entre vocês dois.

— Darei um jeito nele! — disse McGinty com veemência. — Andei o ano inteiro de olho nele.

— Bem, você sabe o que faz — McMurdo comentou. — Faça o que fizer, tem de ser feito amanhã, pois devemos ficar na surdina enquanto não resolvemos a questão de Pinkerton. Não podemos atrair a atenção da polícia justo hoje.

— Tem razão — disse McGinty. — E descobriremos como Birdy Edwards conseguiu as informações nem que tenhamos que lhe arrancar o coração. Ele desconfiou de alguma coisa?

McMurdo riu.

— Toquei o homem bem no ponto fraco — disse. — Ele iria até o inferno para obter informações sobre os Vingadores. Aceitei o dinheiro — McMurdo sorriu ao mostrar um punhado de notas — e receberei muito mais quando ele vir os documentos.

— Que documentos?

— Não tem documento nenhum. Mas enchi a cabeça dele com estatutos e livros de regulamento e formulários de adesão. Ele espera chegar ao fundo da história antes de sair daqui.

— E chegará mesmo — disse McGinty. — Ele não estranhou você não ter levado já os documentos para ele?

— Como se eu fosse zanzar por aí com essas coisas, logo eu, homem sob suspeita, com o capitão Marvin atrás de mim para conversar justo nesse dia, na estação.

— Ouvi falar disso — disse McGinty. — Receio que essa história ainda vai causar-lhe problema. Podemos jogar o corpo dele num poço terminado o serviço, mas não importa o que façamos, não há como anular o fato de o homem morar em Hobson's Patch e você ter aparecido por lá justo hoje.

McMurdo deu de ombros.

— Se fizermos tudo direito não haverá como provar o crime. Ninguém o verá entrando na casa depois que escurecer, e cuidaremos para que ninguém o veja sair. Olhe, conselheiro, vou contar-lhe o meu plano e peço que inteire os demais acerca dele. Vocês virão ao mesmo tempo. Muito bem. Ele chega às dez. Vai bater à porta três vezes para que eu a abra para ele. Passo por trás dele e fecho a porta, e o pegamos.

— Tudo muito simples.

— Sim, mas o passo seguinte precisa de ponderação. O sujeito é duro na queda. Anda com arma pesada. Eu o enganei direitinho, mas é possível que ele se prepare para o pior. Imagine se eu o trago para uma sala com sete homens quando ele esperava encontrar-me sozinho. Haverá tiroteio e alguém sairá ferido.

— Concordo.

— E o barulho atrairá cada maldito policial desta cidade.

— Tem razão.

— Pretendo fazer o seguinte. Vocês todos estarão na sala de estar, a mesma que você viu quando veio falar comigo. Abro a porta para ele, levo à salinha logo ao lado da porta e o deixo ali enquanto vou pegar a papelada. Isso me dará a chance de informar a vocês como vai a situação. Depois, volto para ele com documentos falsos. Enquanto ele lê, ataco e arranco a arma dele. Assim que eu chamar, vocês entram. Quanto antes, melhor, pois o sujeito é tão forte quanto eu, talvez mais do que eu posso manejar. Mas creio que consigo prendê-lo até vocês chegarem.

— É um bom plano — disse McGinty. — A loja ficará grata a você por tudo que tem feito. Acho que quando eu largar o posto, já sei o nome para indicar que fique no meu lugar.

— Ora, conselheiro, eu não passo de um recruta — disse McMurdo, mas seu rosto revelava como se sentia perante o elogio de alguém tão importante.

Quando voltou para casa, McMurdo fez todos os preparativos para a noite sinistra que teria pela frente. Primeiro limpou, lubrificou e carregou seu revólver Smith & Wesson. Depois, averiguou a sala na qual o detetive seria preso. Era um apartamento grande, com uma mesa comprida no centro e fogão de canto. Havia janelas nas duas laterais. As cortinas eram leves, nenhuma possuía persiana. McMurdo examinou-as com atenção. Claro que lhe ocorreu que o apartamento era exposto demais para um encontro secreto. Entretanto, a distância da estrada tirava o peso da constatação. Finalmente, foi discutir o assunto com seu colega. Scanlan, embora não fosse Vingador, era um homem inofensivo, fraco demais para contrapor-se à opinião dos colegas, mas sofria secretamente com o horror dos atos sanguinários que às vezes era forçado a assistir. McMurdo contou-lhe brevemente do que se pretendia fazer.

— E, se eu fosse você, Mike Scanlan, sairia para passear esta noite e não voltaria aqui por nada. A situação vai ficar feia aqui na madrugada.

— Isso mesmo, Mac — Scanlan respondeu. — Não é falta de vontade, mas de coragem o que me afeta. Quando vi o administrador Dunn ser abatido na mina foi mais do que pude tolerar. Não sou feito para essas coisas, como você ou McGinty. Se ninguém da loja achar ruim da minha parte, farei apenas como você aconselha e deixarei que cuidem dos seus assuntos.

Os homens vieram conforme o combinado. Tinham todos a aparência de cidadãos de respeito, bem vestidos e arrumados, mas a julgar pelos rostos deles, ficava evidente que não havia esperança para Birdy Edwards nas mãos daquela gente dura e implacável. Não havia um homem no local cujas mãos já não tinham sido manchadas de sangue uma dúzia de vezes. Eram tão acostumados a matar gente quanto o açougueiro aos animais.

O mais proeminente, sem dúvida, tanto em aparência quanto em culpa, era o formidável líder. Harraway, o secretário, era um homem esguio de pescoço comprido e magro, que gesticulava o tempo todo, dono de fidelidade incorruptível no que tangia às finanças da ordem e sem a menor noção de justiça ou honestidade para com gente de fora. O tesoureiro, Carter, era um homem de meia-idade, sempre impassível e mal-humorado, de pele amarelada e macilenta. Era hábil na organização e os detalhes de quase todos os atentados haviam brotado de sua mente imaginativa. Os dois Willabys eram homens de atitude, rapazes altos e ágeis de feições resolutas, enquanto seu companheiro, Tiger Cormac, jovem robusto, era temido até pelos próprios colegas pela ferocidade do comportamento. Eram esses os homens que se reuniram nessa noite sob o teto de McMurdo para matar o detetive de Pinkerton.

O anfitrião lhes servira uísque numa mesa e rapidamente se prepararam para a missão que tinham pela frente. Baldwin e Cormac já estavam meio embriagados e a bebida já lhes intensificara toda a ferocidade. Cormac aproximou as mãos do fogão — tinha sido aceso porque continuava fazendo muito frio à noite.

— Isso serve — disse.

— Sim — disse Baldwin, compreendendo a intenção. — Se o amarrarmos aí, não hesitará em contar tudo.

— Vamos arrancar tudo dele, não se preocupem — disse McMurdo.

O rapaz tinha nervos de aço, pois, apesar de ter a maior responsabilidade na operação, agia de modo mais tranquilo e casual do que nunca. Os outros perceberam e elogiaram.

— Você é a pessoa ideal para lidar com ele — disse o chefe. — Birdy só entenderá o que está acontecendo quando você já o deter pela garganta. Pena que não tem persianas nessas janelas.

McMurdo foi de uma a uma, fechando bem as cortinas.

— Impossível alguém ver qualquer coisa lá de fora. Está quase na hora.

— Talvez ele não venha. Talvez pressinta o perigo — disse o secretário.

— Ele virá, não se preocupe — McMurdo respondeu. — Está tão ansioso por vir quanto vocês por vê-lo. Pode apostar!

Ficaram todos sentados feito estátuas, alguns com o copo quase tocando os lábios, quando bateram três vezes na porta.

— Quietos! — disse McMurdo, acenando para o grupo.

As expressões dos homens iluminaram-se, e eles levaram as mãos às armas.

— Nem um pio, se têm amor à vida! — McMurdo sussurrou, saindo da sala, tendo o cuidado de fechar suavemente a porta.

Com os ouvidos atentos, os assassinos aguardaram. Foram contando os passos do camarada pelo corredor. Ouviram-no abrir a porta da entrada. Trocaram algumas palavras, cumprimentando-se. Foi então que notaram outro que entrava, a voz para eles desconhecida. No momento seguinte, bateu-se uma porta e viraram a chave na fechadura. A presa entrara na armadilha. Tiger Cormac deu uma gargalhada aterrorizante e o chefe tapou-lhe a boca com sua mão gigantesca.

— Fique quieto, seu tolo! — sussurrou ele. — Vai pôr tudo por água abaixo!

Na outra sala, ouvia-se uma conversação abafada. Parecia interminável. Então a porta abriu-se e McMurdo apareceu, com um dedo à frente dos lábios.

Ele foi até a ponta da mesa e olhou para os comparsas. Ocorrera-lhe uma mudança sutil. Parecia alguém prestes a cumprir tarefa muito importante. O rosto firmara-se em pétrea resolução. Os olhos brilhavam de empolgação por detrás das lentes. O rapaz tornara-se um líder entre os seus. Todos o encaravam com ansiedade, mas ele ficou calado. E com esse mesmo olhar intrigante, mirou cada um dos presentes.

— Então? — exclamou o chefe, finalmente. — Ele está aqui? Birdy Edwards está aqui?

— Sim — McMurdo respondeu. — Birdy Edwards está aqui. Eu sou Birdy Edwards!

Dez segundos se passaram após essa breve troca em que a sala pareceu estar vazia, tão profundo era o silêncio. O apito de uma chaleira no fogão avolumou-se até doer os ouvidos. Sete rostos lívidos, todos voltados para esse homem que os dominava, ficaram imobilizados pelo horror. Então, com um estilhaçar súbito de vidro, os canos reluzentes de vários rifles brotaram de cada uma das janelas e as cortinas foram arrancadas da parede.

Ao ver a cena, o chefe soltou um rugido de urso e saltou para a porta. Um revólver encontrou-o ali, junto dos olhos azuis severos do capitão Marvin, da polícia da região, brilhando detrás da mira. O chefe recolheu-se e largou-se na cadeira.

— Melhor ficar onde está, conselheiro — disse o homem que chamavam de McMurdo. — E você, Baldwin, se não tirar a mão da pistola, apressará seu encontro com o carrasco da forca. Saque e eu juro por tudo neste mundo... pronto, assim é melhor. Há quarenta homens armados em torno desta casa, então imagino que já sabem que não têm chance alguma. Tome as armas deles, Marvin.

Não havia como resistir, ameaçados que estavam por todos aqueles rifles. Foram todos desarmados. Rabugentos, incapacitados e atônitos, permaneceram ali, sentados à mesa.

— Gostaria de dizer-lhes algo antes de nos separarmos — disse o homem que os ludibriara. — Creio que não nos encontraremos de novo, a não ser no tribunal. Dar-lhes-ei algo em que pensar entrementes. Agora sabem o que sou. Finalmente, pus as cartas na mesa. Sou Birdy Edwards, de Pinkerton. Fui escolhido para desmantelar a sua gangue. Foi um jogo perigoso este que joguei. Ninguém, mas ninguém mesmo, nem os mais chegados, sabia que era tudo encenação. Somente o capitão Marvin e meus empregadores. Mas esta noite tudo terminou, graças a Deus, e eu venci!

Os sete rostos pálidos e rígidos o fitavam com um ódio implacável. Ele logo captou a ameaça.

— Podem até pensar que ainda não acabou. Não pensem que não levarei em consideração. De qualquer modo, alguns de vocês não terão salvação, e mais sessenta entre os seus irão para a cadeia hoje mesmo. Devo dizer que, quando fui contratado para essa função, não acreditava que existia uma sociedade como a sua. Achava que era história dos jornais e que poderia prová-lo. Disseram-me algo sobre Homens Livres, então fui a Chicago e me afiliei. Foi então que tive certeza de que não passava de invenção da imprensa, pois não vi nada de errado na sociedade, apenas coisas boas. Entretanto, tinha que cumprir minha missão, então vim para a zona carbonífera. Quando cheguei aqui, vi que estava errado, que não era tudo balela. Então fiquei para investigar. Não matei ninguém em Chicago. Nunca imprimi um dólar sequer na vida. O dinheiro que lhes dei era verdadeiro, mas pense num dinheiro bem gasto! Sabendo o que fazer para cair nas graças de vocês, fingi que era foragido da justiça. E deu certo, como eu imaginava. Então aderi à sua loja infernal e participei dos seus conselhos. Talvez digam que sou tão mau quanto vocês. Podem falar o que quiserem; o importante é que eu os peguei. Querem saber a verdade? Na noite em que me afiliei, foram espancar o velho Stanger. Não pude avisá-lo, por falta de tempo, mas segurei a sua mão, Baldwin, quando você estava prestes a matá-lo. Se em algum momento fiz alguma sugestão, apenas para garantir meu lugar entre vocês, sugeri coisas que sabia que poderia impedir. Não pude salvar Dunn e Menzies, pois não sabia de tudo, mas me certificarei de que seus assassinos sejam enforcados. Alertei Chester Wilcox, de modo que, quando explodi a casa, ele e a família estavam num esconderijo. Houve muitos crimes que não pude impedir, mas basta se lembrarem de quantas vezes o alvo viajava por outra estrada, ou estava na cidade quando iam atrás dele, ou ficava em casa quando achavam que ia sair, lá estava o meu trabalho.

— Seu traidor maldito! — sibilou McGinty, entredentes.

— Ora, John McGinty, você pode me chamar do que quiser, se isso o acalma. Você e seus comparsas vêm sendo inimigos de Deus e dos homens nestas bandas. Foi preciso que alguém se colocasse entre vocês e os pobres coitados que sofrem em suas mãos. Havia apenas um jeito de fazer isso, e foi o que fiz. Pode me chamar de traidor, mas suponho que muitos vão me chamar de redentor, aquele que foi ao inferno para salvá-los. Foram três longos meses. Eu não passaria mais três nem que me liberassem os cofres de Washington para tanto. Tive que ficar enquanto não conseguia tudo, cada homem e cada segredo, bem aqui na minha mão. Eu esperaria um pouco mais se não tivesse sido informado de que meu segredo estava para ser revelado. Chegara uma carta na cidade que poderia ter me desmascarado. Então tive que agir, e agir rápido. Não tenho mais nada a dizer-lhes, exceto que, quando chegar a minha hora, partirei mais tranquilo pelo trabalho que fiz neste vale. Agora, Marvin, não vou mais detê-lo. Leve-os e ponha fim nessa história.

Há pouco mais a contar. Scanlan recebera uma carta selada que deveria entregar na casa da senhorita Ettie Shafter, missão esta que ele aceitara com alegria. Nas primeiras horas da manhã, uma bela mulher e um homem bastante agasalhado tomaram um trem especial enviado pela companhia ferroviária, e fizeram uma viagem tranquila para longe da zona de perigo. Foi a última vez que Ettie e seu namorado puseram os pés no Vale do Medo. Dez dias depois se casaram em Chicago, com o velho Jacob Shafter como testemunha.

O julgamento dos Vingadores ocorreu bem longe de onde seus comparsas poderiam aterrorizar os representantes da lei. Em vão eles lutaram. Em vão o dinheiro da loja — dinheiro espremido por chantagem de toda a população do interior — foi gasto como água na tentativa de salvá-los. O testemunho frio, claro e impassível de alguém que conhecia cada detalhe das vidas deles, da organização e de seus crimes não foi perturbado pelo clamor dos defensores. Finalmente, após tantos anos, foram desmantelados e dispersados. As sombras foram para sempre removidas do vale.

McGinty teve seu fim na forca, por mais que se acovardasse e implorasse quando chegada a sua hora. Oito dos líderes tiveram o mesmo destino. Outros cinquenta foram presos, cada qual com sua sentença. O trabalho de Birdy Edwards encerrava-se.

Entretanto, como ele imaginara, o jogo ainda não tinha terminado. Houve mais uma rodada a jogar, e depois muitas mais. Ted Baldwin, por exemplo, escapara da forca; os Willabys também, e o mesmo fizeram muitos outros dos mais ferozes da gangue. Por dez anos ficaram afastados do mundo, até que chegou o dia em que foram soltos — dia esse em que Edwards, que conhecia essa gente, teve certeza de que acabava a paz na sua vida. Eles juraram por tudo que era mais sagrado que tirariam o sangue dele para vingar seus camaradas. E muito se esforçaram para cumprir a promessa!

De Chicago, ele foi perseguido. Após duas tentativas em que quase o pegaram, ele teve certeza de que conseguiriam numa terceira. De lá, ele foi para Califórnia usando outro nome, e foi nessa região que a luz abandonou por certo tempo a sua vida, quando Ettie faleceu. Mais uma vez ele foi quase morto, e mais uma vez, sob o nome Douglas, trabalhou num solitário cânion, onde, com um parceiro inglês chamado Barker, juntou boa fortuna. Finalmente, avisaram-lhe de que os cães estavam novamente em busca dele, e ele fugiu — bem a tempo — para a Inglaterra. E assim viveu John Douglas, que se casou pela segunda vez com uma bela mulher e viveu por cinco anos como um cavalheiro do condado de Sussex, cuja vida terminou com os estranhos acontecimentos que testemunhamos.

Epílogo

Passado o inquérito, o caso de John Douglas seguiu para uma corte superior. Deu-se o julgamento, no qual ele foi absolvido por ter agido em legítima defesa.

— Tire-o da Inglaterra a qualquer custo — Holmes escreveu à esposa dele. — Há forças por aqui que talvez sejam mais perigosas que aquelas das quais ele escapou. Não há local seguro para o seu marido na Inglaterra.

Dois meses se passaram e o caso foi se apagando das nossas mentes. Foi quando, certa manhã, puseram uma mensagem enigmática em nossa caixa de correio. "Deus me valha, Sr. Holmes. Deus me valha!", dizia a carta. Não havia endereço nem assinatura. Achei graça em tão singular mensagem, mas Holmes estava uma seriedade só.

— Diabólico, Watson! — comentou ele, e passou um bom tempo sentado, taciturno.

Ontem, tarde da noite, a Sra. Hudson, dona da pensão em que moramos, veio avisar que um cavalheiro gostaria de ver o Sr. Holmes e que se tratava de assunto da maior importância. Logo atrás do mensageiro veio Cecil Barker, nosso amigo da mansão de Sussex. Parecia muito abatido e preocupado.

— Recebi más notícias... péssimas notícias, Sr. Holmes — disse ele.

— Era o que eu receava — disse Holmes.

— Recebeu um telegrama?

— Apenas uma mensagem de alguém que o recebeu.

— É o pobre do Douglas. Disseram-me que seu nome é Edwards, mas para mim será sempre Jack Douglas, de Benito Canyon. Eu contei-lhe que eles partiram para a África do Sul, no Palmyra, faz três semanas.

— Exato.

— O navio chegou ontem à Cidade do Cabo. Recebi este telegrama da Sra. Douglas hoje de manhã. "Jack caiu ao mar numa tempestade em Sta. Helena. Ninguém sabe como ocorreu o acidente. IVY DOUGLAS."

— Ora, foi assim que ocorreu? — disse Holmes, pensativo. — Bom, não tenho dúvida de que foi bem encenado.

— Quer dizer que acha que não foi acidente?

— Absolutamente.

— Ele foi assassinado?

— Com certeza!

— Eu também acho. Esses Vingadores infernais, esse ninho de criminosos vingativos...

— Não, não, meu senhor — disse Holmes. — Isso é trabalho de uma mente habilidosa. Nada de escopetas cerradas nem revólveres toscos. Constata-se a maestria pelo macio da pincelada. Eu reconheço um Moriarty quando vejo um. Esse é um crime de Londres, não da América.

Epílogo

— Mas por qual motivo?

— Porque foi executado por um homem que não pode se dar o luxo de falhar, alguém cujo posto único depende de que ele seja bem-sucedido em tudo que faz. Uma mente poderosa e uma imensa organização foram direcionadas para dar fim a um homem. É como esmagar uma noz com um martelo-pilão, um desperdício absurdo de energia, mas a noz acaba devidamente esmagada, no fim das contas.

— Como esse homem pode ter algo a ver com a história?

— Só posso dizer que a primeira vez em que ouvimos falar do assunto foi por um dos subordinados dele. Esses americanos foram muito prudentes. Tendo um trabalho a conduzir na Inglaterra, firmaram parceria, como qualquer criminoso estrangeiro faria, com o maior consultor em crime. Desde esse momento, o alvo estava condenado. Inicialmente, ele se contentaria em usar seu maquinário para encontrar a vítima. Depois, indicaria como poderiam resolver a questão. Finalmente, quando ele lesse sobre o fracasso desse agente, entraria em cena para dar seu toque de mestre. Você me ouviu avisar àquele homem, na mansão de Birlstone, que o perigo iminente era muito maior que o do passado. Não tinha razão?

Barker bateu com o punho na testa, irritado com sua incapacidade.

— Não me diga que não podemos fazer nada! Está me dizendo que ninguém nunca botará as mãos nesse rei do crime?

— Não, não diga isso — disse Holmes, que parecia enxergar muito além, no futuro. — Não creio que ele não possa ser derrotado. Mas eu preciso de tempo... preciso de mais tempo.

Ficamos sentados em silêncio por alguns minutos, enquanto aqueles olhos proféticos esforçavam-se para enxergar através do véu do futuro.

amo ler

1ª Edição
Fonte Athelas